贄《にえ》の花嫁

優しい契約結婚

角川文庫
22834

目次

登場人物
紹介
イラスト／烏羽雨
玄永《はるなが》宵江《しょうえ》
内務省の警察部隊で
隊長として働く。
黒曜石のような
美しい瞳を持つ。
雨月《うづき》智世《ともよ》
20歳の職業婦人。
両親の勧めで
玄永家に嫁ぐことに。
明るくまっすぐな
性格。
綱《つな》丸《まる》
ポメラニアンのような
もふもふの
可愛らしい見た目。
実は……。

結婚に夢を見たことはないけれど——と、智世《ともよ》は思う。

鏡に映る花嫁衣裳《いしょう》を身に纏《まと》った自分の姿を、改めてまじまじと見た。まるで現実味などない。慣れない角隠しの感覚だけが、辛うじてこれが今自分の身に起こっている紛れもない現実なのだと、智世にそう言い聞かせているようだった。

(人生って何があるかわからないわ……)

華やかな模様が入った黒の引き振袖《ふりそで》は、先頃二十歳を迎えた智世によく似合っている。まさか自分が袖を通す日が来るとは思っていなかったから、まだ何だかくすぐったいような気恥ずかしいような心地がする。

けれど胸の中には、美しい衣裳に身を包んで舞い上がる気持ちと同じぐらい——ふつふつとこみ上げる怒りのようなものがあった。

いや、怒りというほどには強くない。怒りを覚えるほど、智世はその相手のことを知らないからだ。それはむしろ憤りに近い。なぜ、と問い詰めたいような、苛立《いらだ》ちに近いような。

——結婚に夢を見たことはないけれど。

(まさか婚礼の日に花婿と初対面だなんてね)

鏡の中の花嫁が自嘲《じちょう》気味に笑った。

半年ほど前だ。予定通りであれば両家揃っての結納が御茶《おちゃ》ノ水《みず》の料亭で行なわれるはずだった。それをなんと花婿がすっぽかしたのだ。それも「どうしても外せない仕事ができた」とか何とか、そんな理由でだ。

そもそも父親の強い勧めで受けたお見合い話だった。なぜか相手のお見合い写真もないまま、顔を合わせる機会すらないままに話が進んだから、結納の日に初めて夫となる相手の顔を知るはずだった。その機会さえも、当の花婿の都合でなくなってしまったのだ。その後先方から丁重な謝罪はあったものの、さらにあれよあれよという間に月日が過ぎた。だから今日に至るまで、智世はこれから先、生涯添い遂げる相手の顔を知らない。

いくら何でも、そんなことってあるだろうか？

同級生の中には一回り以上も——自分の父親にも近いような年齢の相手と結婚した者もいる。全然好みの見た目ではないと愚痴を零《こぼ》す者も。夫が美男子である必要はないけれど、智世とて乙女、不安はどうしてもつきまとう。子煩悩な父親があれほど強く勧めてきた相手なのだから、あまりにも酷《ひど》いということはないだろうとは思うものの、会ってみないことには判断できない。

それでも——女としてこの世に生まれたからには、人生に一度の晴れ舞台、自分の中で最も美しい姿で臨みたいと思うのは、至極当然のことだろう。

智世はやや緊張した面持ちで、崩れてもいない髪を手で整え、化粧の具合を鏡で入念に確認した。

そこからどんな段取りで控え室を出て、婚礼の席に向かったのか、はっきりと覚えてはいない。自覚はなかったがとても緊張していたのだと思う。誰かが呼びに来てくれて、その人について料亭の長い廊下を歩いたはずだ。そして示された場所に座り、花婿の到着を待ったように思う。終始夢の中にいるような、ふわふわとした心地だった。

次にはっきりと意識が戻ったのは――自分に向けられた、あまりにもきらきらと美しく輝く黒曜石のような瞳《ひとみ》と、視線が合った瞬間だった。

――なんて美しいの。

智世の目は、その瞳に釘付《くぎづ》けになった。

こんなに美しく光る瞳を他に知らない。

夜空に敷き詰められた星々をぎゅっとひとまとめにしたら、きっとこんなふうなのに違いない。

一瞬、その輝きに見とれてぼうっとしていた。

そんな智世の意識を引き戻したのは、その黒曜石の瞳の持ち主が扉を開けて入ってくるなり発した一言だった。

んでいた。

「まさか、本当に来てくれるなんて」

その声はどう聞いても――初対面の智世が聞いてもはっきりとわかるほど、喜びに弾んでいた。

あれ、と智世は首を傾げた。

改めて相手の顔を見る。智世より三つか四つ年上に見える彼は、どこか感情を抑えようとしつつも、隠しきれないほどの喜びに満ち溢《あふ》れているように見えた。感情を抑えているというのならさっきの一言だってそうだ。あまり抑揚のない声音だった。努めてそうしたのだと思う。だって、声からも、彼が抱いているであろう歓喜が隠せていなかったのだから。

智世は困惑した。そんなに喜んでもらう理由がない。何しろ自分と彼は、今この瞬間が初対面なのだ。

彼はおずおずと――どう主観を差し引いたとしても、明らかに駆け寄ってきたいのを抑えているふうな挙動で、智世に歩み寄ってきた。

手を差し出されたので、躊躇《ためら》いつつもその手を取り、促されるままに立ち上がる。

見上げた彼の顔は恐ろしいほど整っていた。もし何の表情も浮かべていなかったら、人形か何かだと思ったかもしれない。けれど、漆黒の髪に彩られたその顔はやはり歓喜に満ちている。

美しい黒曜石の瞳が収まるのなら、この美しい顔以外にはない、そう思った。

彼は智世の手を握ったまま、やはり努めて抑えたような声で言った。

「俺は宵江《しょうえ》だ。玄永《はるなが》宵江」

宵江と名乗った、黒い軍服姿の彼は、手を何度か——智世を抱きしめようかやめようか迷うような動きをした後、やはり控えめに智世の手を握り直して、続けた。

表情を抑えているのかと思ったが、ただ単に笑顔を浮かべるのが下手なのだろうか。

それでも喜びを溢れさせたままで。

「あなたが来てくれるか、今日までずっと不安だった。——嫁に来てくれて本当に嬉《うれ》しい」

不器用な夫の、不器用だけれどもまっすぐな言葉に、智世は急激に心拍数が上がり、頬が熱くなるのを感じた。
この、何だかかわいらしく思えるような美しい人の妻に、自分は今日からなるのだと
——手をしっかりと握られたまま、ようやく智世は自覚した。
そしてそれは智世の人生において初めてとも言える、恋の始まりだったのだ。

第一章　婚礼の日に

帝都が誇る銀座《ぎんざ》の目抜き通りを、路面電車が走り抜けてゆく。

人々は装いも華やかに、どこか誇らしげな面持ちで背筋を伸ばして往来を闊歩《かっぽ》する。

柳の並木に彩られた西洋の香り漂う街並みを歩いて、カフェーで珈琲《コーヒー》片手に学問や芸術、それにこの国の来し方行く末の話に花を咲かせるのだ。

女学校を卒業してから、憧《あこが》れの職業婦人として気ままな生活を謳歌《おうか》している智世も、その中の一人である。

「それでね、お義母《かあ》さんったら酷いのよ。あたしが作るお味噌汁《みそしる》、しょっぱいだけで味がないって言うの」

軍の将校だかに嫁いでもう四年になる友人が、なみなみと珈琲の入ったカップを手にしたまま口を尖《とが》らせた。さっきから愚痴を零すのに夢中で、珈琲は一滴も減っていない。

同じテーブルを囲んでいる別の友人がそれに同調する。

「うちなんて、旦那《だんな》がお義母様の肩を持つんだから。お義父《とう》様はお義母様の尻《しり》に敷かれてて役に立ちやしないし」

「あなたは自分でお料理する必要ないじゃないの。なんたって華族様なんだから。お手伝いさんが何でもやってくれるんでしょ」

将校夫人がじっとりと睨《にら》むと、華族夫人は、とんでもない、と目を見開いた。

「自分でお料理したほうがいくらかマシよ。うちは母が関西の人だから、私だってたまには西の味付けのものが食べたいのに、出てくるお料理ときたらみーんな関東の味付けなんだもの」

「家事をしてくれる人がいるっていうのも、それはそれで大変なのねぇ」

テーブルの四方のうち、残りの一方に座っている友人が相槌《あいづち》を打った。聞き上手の彼女は、自分の分の焼き菓子をすっかり食べ終わっている。

「あなたはいいわよね。あたしたちの中で唯一恋愛結婚だもの」

将校夫人がそう言いながら、ため息交じりにようやく珈琲を一口飲む。

恋愛結婚夫人は、他の二人よりもやや地味な自分の着物に目を落とした。

「……そうね。あなたたちに比べて裕福ではないけれど、毎日幸せだったわ」

「……だった？」

不穏な言葉を聞き咎《とが》めて、智世と友人二人が声を揃える。

すると恋愛結婚夫人は突然テーブルに突っ伏して、わっと泣き出した。

「あの人、職場に出入りしてる年上の色っぽい女と逢《あ》い引きしてたのよ！　許せない！」

わんわんと泣く彼女の声は、幸いにも店内の喧騒《けんそう》に掻《か》き消されている。誰もが自分たちの談合に夢中で、こちらのことを気にしている者は一人もいないのだ。不幸な彼女を既婚の友人たちが二人がかりで宥《なだ》めすかしている様子を見ながら、智世はミルクをたっぷり入れた珈琲を一口飲み、そして深く嘆息した。

夫人たちが揃ってこちらを見る。

「智世さん、あなた今日は静かね」

「……結婚って大変なのね、って思いながら聞いてたの」

智世がそう答えると、三人の友人たちはめいめいの表情で、それでも一様に納得した顔をした。誰もが同じことを思っているのだ。部外者の智世だけでなく、当事者の彼女たちでさえ。

女学校の同級生たちの中には、在学中に嫁ぎ先が決まる者も少なくなかった。卒業してからは、一途《いちず》な恋愛をついに成就させた同級生たちからの吉報も相次いだ。智世だって人並みに恋愛話に加わったことはある。すべて友人たちの話に相槌を打ったり、役に立つのやら疑わしいような尤《もっと》もらしい助言をしただけだけれど。

恋する彼女たちは綺麗《きれい》だったし、その笑顔は華やいでいた。ただ、それらはすべて、智世にとっては他人事《ひとごと》だった。

そして二十歳を迎えた今となっては、彼女たちの口に上るのは旦那の愚痴に姑《しゅうとめ》の愚痴、子育ての愚痴、愚痴、愚痴ばかりだ。

もともとなかった結婚願望が、さらに煙のように消えていく。

智世さんは、と華族夫人が上品な仕草で首を傾げた。

「とっても綺麗なのに、昔から結婚のけの字もないわね」

「そうよ、もったいない。引く手あまたなんじゃないの？　美人で、しかもお父様は内務省の官僚でいらっしゃって」

口々に言う友人たちに、智世は曖昧《あいまい》な笑みを浮かべた。

「ありがとう。引く手あまたなら嬉しいんだけどね。でも、きっと私には向いてないわ。それにせっかく憧れの電話交換手になれたんだもの。結婚を機に辞めるなんてもったいないし」

智世にも人並みにお見合いの話が持ち上がったことは何度かあった。しかし智世自身が乗り気ではなく、両親もさほど熱心に勧めてきたわけではなかった。智世が働くのを楽しんでいることを知っているし、母親などは「本当にご縁がある相手なら、急がなくてもいつか巡り会うはず」と夢見がちなことを言って笑っている。智世は一人っ子だから、両親に孫の顔を見せてやりたい気持ちもないではないが、今は甘えさせてもらえる環境が正直ありがたかった。

「恋をするより働くのが好きだなんて、変わってるわ」

「最先端の現代女性って感じね」

友人たちの、褒めるような貶《けな》すような言葉に、智世は小さく肩を竦《すく》めた。

――まだ仕事を上回るだけの恋に出会っていないだけかも、と思わないわけではない。

けれどもう、長いこと好きな人もいないし、誰かに心をときめかせたりもしていない。昔、子どもの頃、憧れていた人はいた。いたけれど、もう顔も覚えていないような遠い記憶だ。

カフェーを出て友人たちと別れ、智世は帰路についた。街が徐々に夕焼けに染まっていくこの時間が、智世はあまり好きではない。同じく家路につく人々や、あるいは早めの夕食を外で取ろうと繰り出す人々の間を、足早に通り抜けていく。

夕暮れは、智世をとても不安な気持ちにさせる。

昼間はいいのだ。恐ろしいものと行き遭っても、明るい太陽の光さえあれば、まだしも立ち向かえそうな勇気がもらえる。夜はもっといい。恐ろしいものが現れないから。

黄昏時《たそがれ》は——だめだ。

智世はわずかに息が上がるほど歩を速める。寄り道をせず、脇目も振らず、まっすぐに自宅へ向かう。

不意に、視界の端に何か黒いものがちらついた。

道の端を中年の女性が歩いている。特に目立ちもしない、ごく普通の女性だ。

その女性の足もとの影が——何か、奇妙な形に見えた気がした。

思わず立ち止まり、女性の影を見る。何も問題はない。他の人々の足もとにあるのと同じ、ごく当たり前の影だ。

智世はほっと息をついた。そして再び足早に歩き出す。

こんなふうに――見間違いや思い違いをしてしまうことが、小さな頃からたまにある。

子どもの頃はそれが今よりももっと怖かった。友達と遊んで、夕方一人でこうして帰り道を歩いていたら、視界の端で、そこにいる人の影がなんだか奇妙な形に見えるのだ。けれど次に見たらもう普通の影に戻っていて、そのたびに、なんだ見間違いか、と安堵《あんど》する。

安堵する――ように努めている。

それはしょっちゅうあるわけではないが、忘れた頃にまた見間違えてしまうので、いつからか夕暮れ時そのものが何だか苦手になった。黄昏時は――誰《た》そ彼《かれ》時は、よくないものを見てしまうかもしれないと、次第にそんなふうに思うようになった。

見間違いをした日の夜は、空に浮かぶ星を見ると心が慰められた。

あの黒曜石のような煌《きら》めきを見ている間なら、智世を不安にさせるものは現れない。星々が出ている夜のうちは、誰かの足もとにくっきりと影が落ちることはないからだ。

自宅に到着すると、智世はすぐに門を閉めた。そうしてようやく深く息を吐く。

別に誰かが智世を追いかけてきているわけでもない。何がこんなに不安なのか、智世自身にもわからない。

（……もし、私が結婚していたら）

こんな不安な気持ちのときには、旦那様が手を握ってくれたりするのかしら。

そんな自分の考えに思わず笑い、智世は頭《かぶり》を振って玄関の扉を開いた。

もしそんなことが現実にあるのなら、それだけで結婚する意味も、価値もあるような気がするのだけれど。

「――また辻《つじ》斬りですか!?」

夕食の席で母親が素《す》っ頓狂《とんきょう》な声を出した。物騒な言葉の内容に反して、声はどこか間延びしている。これは彼女の生来の気質だから仕方のないことではあるのだが。

ともあれ、やや深刻そうに話を切り出した父親のほうは、調子が狂わされたようではあった。咳払《せきばら》いをして話を続ける。

「ああ。なんとも時代錯誤なことだが」

「怖いわ。今月に入って、もう二度目ねぇ」

さほど怖くなさそうに聞こえてしまうのも、仕方のないことなのだ。穏やかな家庭で平和に育った箱入り娘である母親は、実のところ智世から見ても、父親のことが時々哀れに思えてしまうほどのほほんとした気性である。

「お父様や局内の皆さんは大丈夫？」

思わず智世が助け船を出すと、父親はあからさまにほっとした顔をした。

「さすがに部下たちも近頃ぴりついている。だがそんなに心配しなくていいぞ。事件が起こるたびに犯人を捕まえることはできているからな。それに辻斬りと言っても明らかに素人仕事だ。御一新を生き抜いた剣豪の方々が見たら嘆くに違いない」

　父親は顔を顰《しか》めた。

「刀で斬るというより、適当に叩《たた》きつけたような感じなんだ。幸い死人も出ていない。ただまぁ、刀というのは下手な者が斬ると、傷の治りも遅いし、何より激しく痛む。被害者は皆、傷は浅いし命に別状もないが、その点では気の毒としか言いようがない」

　智世は思わず口もとを押さえた。

　ここ帝都――東京は、概《おおむ》ね平和だ。軽犯罪はしょっちゅう起こるし、殺人事件もないではないが、少なくとも智世の周囲で誰かが事件に巻き込まれたことは一度もない。

　ただ――少し前から時折、辻斬り事件が起こる。

　父親の言うように、時代錯誤も甚だしいことだ。そのたびに犯人は捕まっているとはいっても、こうも続くとたちの悪い模倣犯が複数いるとしか思えない。犯行の場所もばらばらで、被害者には共通点が何もないらしい。つまり、気をつけようがないのだ。その点においては交通事故に遭うのとあまり変わりがないし、交通事故よりも辻斬りのほうが現実味が遥《はる》かに薄い。だから母親の、わかっているのかいないのかわからないような反応こそが、きっと普通なのだ。

　でも、と智世は父親のほうを見る。

　父親は内務省の、警察行政を管轄する警保局で働いている――らしい。要は事務や技術職を担い、現場に出る警察職員を後方から支える仕事だ。それ以上の詳しいことは、智世は知らない。訊《き》いても教えてくれないのだ。家族とはいえ部外者には秘めなければならないことも多いのだろうから、そういうものなのだろうと納得はしている。しかしそのことと、娘として父親を心配する感情とは別だ。

「そんな顔をするな。お前たちを心配させたいわけじゃない」

父親は智世と、そして母親とを安心させるように微笑んだ。

「お前たちにも気をつけていてほしいと、そう言いたかっただけなんだ。知っているのといないのとじゃ、心構えも変わってくるからな」

その言葉に、母親が身体ごと父親に向き直る。

「あなたも、どうか気をつけてくださいね。あなたのお仕事のこと、私は何もわかりませんけど、危険なことだけはしないでくださいましね」

真摯《しんし》にそう言い募る母親は、なんだかとてもいじらしく見えた。

心配するな、と父親は優しい口調で返した。その言葉は確かに、何の心配もいらないのだとこちらを安心させてくれるものだった。

智世にお見合いの話が舞い込んできたのは、そんな辻斬り事件が、いよいよ無視できない頻度で起こり始めていた頃だった。

街の路地で、田んぼの畦道《あぜみち》で、どぶ川の縁《へり》で、商店の裏口で。あらゆる場所で辻斬りの被害が相次いだ。狙われる者に相変わらず共通点はまったくない。死者も出ていないものの、やはり犯人の刀捌《さば》きは決して達者とは言いがたいもののようだ。今まで他人事《ひとごと》の顔をしていた東京市民にとっても辻斬り事件は俄《にわ》かに現実味を増し、身近なものになった。

そんなさなかのお見合い話である。

その頃、智世は仕事が終わるとまっすぐ帰宅するようになっていた。これまでは早上がりの日には同僚とお茶をして帰ったり、百貨店を覗《のぞ》いたり、ちょっと遠回りをして日《ひ》比谷《びや》公園の大きな池の周りをぐるりと散歩して帰ったりしていたが、それもあまりしなくなってしまっていた。別段、辻斬り事件は夕方や夜にばかり起きているわけではない。それでもなんとなく、暗い時間に出歩くのはやめよう、となってしまうのが若い女性の常である。

――父の知人の子息だというその人は、先頃家を継いで、若くして当主となったらしい。

父と同じく内務省の警察組織内の一員として、国のために働いているそうだ。しかも一部隊を率いる長の役職に就いているのだという。家柄も職業も申し分ない、と父はそう言った。

ただ問題は、先方のお見合い写真がないということだった。

顔もわからない相手との縁談など、それこそ辻斬りと同じぐらい時代錯誤だ。どうにか写真を取り寄せてもらえないかと父に頼んでも、それはできない、難しい、と躱《かわ》されてしまう。

智世も二十歳、両親を安心させてやりたい気持ちはもちろんある。仕事を続けたいから独身を貫きたいし、既婚の友人の話を聞くだに自分には向かないとは思うけれど、別に結婚そのものを憎んでいるわけでもない。正直、仕事にある程度区切りがついたらいつかは自分も結婚するのかもしれない、という程度の覚悟はあった。

それにこのところの辻斬り騒ぎで、仕事を終えた暗い時間に恋人や夫が迎えに来てくれる同僚のことを、ほんの少しうらやましく思っていたのも確かである。

(でも、そんな理由で夫を決めるなんて、相手の方にも失礼だし……)

断る大きな理由もないが、乗り気になる理由もない。しかし今回に限って父親はなぜか熱心に勧めてくる。今回に限って、相手の顔もわからないのに。

――玄永宵江。

美しいお名前だわ、と智世は思った。

入り江から見上げる、玄《くろ》い宵の空。

それはきっと星々の瞬きを水面《みなも》が反射して、まるで黒曜石のように美しいことだろう。

顔も知らないお見合い相手と、会う機会すらなぜか一度も得られないまま、しばらく経ったある日のことだった。

智世はまた例の『見間違い』をした。今度は昼日中だ。休日に友人と昼食を取った帰り道、それも人通りの絶えない往来でのことだった。だから智世はそれを、今度こそは自分の見間違いだと信じた。辻斬りの件をきっと自分でも思いのほか不安に感じていて、だから本来見えるはずのないものが見えるような気がしてしまうのだ、と。

そうして帰宅したら、何だか家の中が騒然としていた。

嫌な予感が急激に胸を這《は》い上《のぼ》ってくる。普段、穏やかに家の中を掃除したり、食事を用意したりしてくれている何人かのお手伝いさんが、血相を変えてばたばたと走り回っている。どうしたのかと声を掛ける前に、年嵩《としかさ》の一人が智世に気付いた。

「智世お嬢さん！　奥様が……！」

その言葉に弾《はじ》かれたように、智世は応接間に走った。さっきからそこにひっきりなしに人が出入りしているのだ。部屋に入った瞬間、こちらに背を向けて置かれている長椅子の、その肘《ひじ》掛け部分から、足袋《たび》を穿《は》いたほっそりした爪先が覗いているのが見えた。

「お母様！」

長椅子の傍には医者が跪《ひざまず》いていた。母親は真っ青な顔で長椅子に横になっている。腕を医者のほうに伸ばして、包帯を巻かれている最中だった。傍には血染めの手ぬぐいが山になっていて、智世は思わず息を呑《の》む。

医者が振り返り、場に似合わない静かな声音で言った。

「大丈夫。出血は多く見えますが傷は深くありません。傷口も綺麗《きれい》ですから、ほとんど痕《あと》も残らないでしょう」

「お買い物の最中、何者かに斬りつけられたのです」

傍に立っていたお手伝いさんが、蒼白《そうはく》な顔でそう言った。

「お荷物はすべて私がお持ちしていましたので、奥様は咄嗟《とっさ》に両手で身を庇《かば》われて……」

それは不幸中の幸いだった。もし両手が塞《ふさ》がっていたら、下手をすれば致命傷になっていたかもしれない。ぞっとして智世は思わず自分で自分の身体を抱きしめる。それでも今は自分がしっかりしなければと、気丈に彼女に問いかける。

「それで、お母様を斬りつけた犯人の顔を見た？」

「いいえ、動転してしまって何も覚えておらず……それに気付いたときにはもう誰もいなくて。申し訳ございません……」

縮こまる彼女に、智世は首を横に振る。その場に居合わせて目撃してしまった彼女だって辛《つら》かったに違いないのだ。

「ああ……、寒い、寒いわ」

母親が力なく呻《うめ》いた。別のお手伝いさんが慌てて駆け込んできて毛布をかける。既に何枚も薄手の毛布がかかっているにも拘《かか》わらずだ。あまりに普段と違う母親の姿に、智世は立ち尽くした。

「――何か」

私にできることは、と問う声が震えた。

医者は鞄《かばん》に道具をしまいながら、傍にいて差し上げてください、と気遣わしげな表情で答えた。

父親はその日の夜遅くに、ひどく疲れた顔で帰宅した。普段は何事に対しても怠けることなく迅速にこなす父親が、今夜は帰るなり上着も脱がずに居間の長椅子に腰を下ろし、根が生えたように動かなくなった。

通いのお手伝いさんは皆帰った後である。智世は父親に紅茶を淹《い》れて、長椅子の傍の座卓に出すと、自分も隣に腰を下ろした。

「母さんの様子は？」

そう問いかけてくる声も疲労でややしわがれている。智世は努めて明るく答える。

「さっきまた痛み止めを飲んで、ぐっすり眠ってるところ。夕方に比べて顔色もかなりよくなったわ。明日《あした》の朝にでも様子を見てあげて」

そうか、と幾分か気が軽くなったような声音で父親が答える。

智世は自分の分の紅茶を一口飲んだ。濃いめに淹れたはずだがまるで味がしない。

「……それで、お母様を斬りつけた犯人って……」

「ああ。捕らえた。――母さんを傷つけた相手を、父さんが許すはずがないだろう」

その言葉に智世はようやく安堵《あんど》で全身の力が抜けていくのを感じた。鼻の奥に急激に濃い紅茶の香りが戻り、そしてティーカップを持つ両手が今さらながらにかたかたと震えてきた。

「……そうよね」

今日一日、医者の他にこの家を訪れたのは、父の直属の部下だという壮年の男性職員だけだった。お手伝いさんが、医者を呼んですぐに父にも連絡を入れたと言っていたから——あるいは通報を受けてか——恐らく父が寄越《よこ》したのだろう。その彼も、母親の容態を確認するとすぐに立ち去った。世間を賑《にぎ》わす辻《つじ》斬り事件の被害者がここにいるというのに、何の捜査も行なわれなかったのだ。一日中ずっと気が気でない思いで慌ただしくしていたから気付かなかったが——これは何だか妙ではないだろうか？

父親は危険と隣り合わせの仕事に就いている。だが現場に出ることはない。だから辻斬りも刀も、斬られた人間がどうなるのかも、智世にとってはすべては想像の中での出来事だった。身近な誰かがそんな目に遭うのが、こんなにも恐ろしいことだったなんて。できれば知らないままでいたかった。

不意に横から伸びてきた手が、智世の手を取った。かたかたと音を立てていたティーカップの震えが止まる。

「通報を受けてすぐに精鋭部隊に犯人を追ってもらった。彼らには感謝している。だが彼らは私に済まなそうに謝ってきた。事件が起きる前に防ぐことができていれば、と」

「そんな……どこで誰が辻斬りに遭うかなんて、そんなの誰にもわかるはずない。その方たちが謝る必要なんてないわ」

するとと智世の手を取ったまま、父親はようやく小さく微笑んだ。

「……そうだな。父さんもそう思う」

それに、と父親は智世から手を離し、座卓から自分の分のティーカップを取った。

「できないことを悔やんでも仕方がない。悩む時間があるなら、その時間で一つでも自分にできることをしたほうがよほどいいよな」

智世も微笑み、頷《うなず》く。

父親のこういうところが、智世はとても好きだ。職業婦人に憧《あこが》れたのも、そもそも父親のようになりたいと思ったからだった。母親のように女性としての幸せを謳歌《おうか》する生き方も素敵だと思うが、それよりも智世は父親のように、自分の力で、誰かのために何かをしてみたかったのだ。

「……ねえ、お父様」

非日常の一日を過ごした後、灯《あか》りをほとんど落とした居間で横並びに座り、温かい紅茶を飲んでいる今なら、きっと普段なら訊《き》けないようなことも訊ける。

そう思って、智世はお見合い相手のことを訊いてみようと口を開いた。

しかし実際に口からこぼれ落ちたのは、まったく違う内容だった。

「私、実は……たまに妙なものを見るの」

言ってから、智世ははっとして口を押さえた。が、もう遅い。

父親は驚いたような顔で智世を見ている。目顔で促されたので、智世は先を続けるしかなくなった。

それに——本当は、お見合い相手のことなどよりももっと、ずっと打ち明けたいことだった気がする。

「……子どもの頃からなの。気のせいだと思って、誰にも言ったことはなかったんだけど。普通に通りを歩いてる人の影が、その……何か、人でないものみたいに見えることが」

言ってしまった、と智世は居たたまれない思いでぎゅっと目を閉じる。こんな話、誰が聞いたって馬鹿げていると思うだろう。こんな、母親が大変だった非常時に、仕事で疲れ切った父親相手にする話ではない。

だが——父親は明らかに顔色を変えた。

「それは本当か、智世」

恐る恐る目を開くと、父親がどこか緊張したような面持ちで智世を見ている。おずおずと頷くと、父親は智世から視線を外し、自分の目もとを手で覆って俯《うつむ》いた。そして深く息を吐く。

「……そうか」

「あの……お父様？」

明らかに様子がおかしい。しかし問い質《ただ》そうとするより先に、父親が俯いたまま、きっぱりと言った。

「智世。玄永くんは、いい人だ」

「……え？」

「彼に嫁いでくれるなら、父さんは安心できる」

それっきり、父親は口を噤《つぐ》んだ。

なぜ父親が急にそんなことを言い出したのか。智世の打ち明け話を聞いてどう思ったのか。それも訊けないまま、夜が更けていった。


翌朝、目覚めた母親の顔色はすっかり元通りになっていた。智世は結局眠ることができずに、母親の傍で一晩中様子を見続けた。父親も何度か様子を見に来た。疲れ切っているだろうに寝室に戻っている様子はなく、ずっと書斎にいたようだ。

「斬られたとき、生まれて初めて、自分は死ぬんだと思ったの」

傷は浅く、それも腕だから致命傷には到底遠いのだが、噴き出す自分の血を見て正気を保つなど無理な話だろう。智世を産んだ当時、母親は産後の肥立《ひだ》ちが悪かったらしい。しかしそのときにも、自分が死ぬとは思っていなかったそうだ。物事をあまり深刻に受け止めすぎない性分は何よりも母親の長所だった。

その母親が、智世の手を取って、ぼろぼろと涙を流した。

「私、大事な一人娘の花嫁姿も見ずに死ぬのは嫌だわ……」

智世の手の甲に、母親の涙の雫《しずく》が落ちた。その熱さに胸が締め付けられる。

——あまりにも非日常的なことが自分の身に降りかかってきて、弱気になっているのだろうと思う。智世の知る母親はこんなことで泣くような人ではなかったはずだ。「あらやだ、斬られちゃった。痛いわねぇ」と笑いさえするかもしれないと、そんなふうにすら思っていた。それに母親は、智世が選ぶ道に対して自分の意見を押しつけてきたことは今まで一度もない。

けれど。

（……もしお母様の傷が腕じゃなかったら。もし、もっと深く斬られてしまっていたら）

自分は母親の、今まで秘めていたのであろうこの切なる願いを、永遠に叶《かな》えられなかったかもしれないのだ。

それはせっかく就くことのできた憧れの職業を手放すことよりも、何倍も何十倍も辛《つら》い。

――玄永くんは、いい人だ。彼に嫁いでくれるなら、父さんは安心できる。

智世は母親の手を強く握り返した。

「大丈夫よ、お母様。――私、玄永様のところへお嫁に行くわ。私の花嫁姿を見るために、早く元気になってちょうだいね」

母親の涙に濡《ぬ》れた双眸《そうぼう》が智世を見上げる。父親もはっとしたように智世のほうを振り向いた。

智世は力強く頷き、微笑んでみせた。

人が自分の人生の行く先を決意するのはこういう時なのだろう。だからきっと後悔はない。

――胸の奥に、微《かす》かな喪失感があるような気がするけれども、きっとすぐに忘れられるだろう。

その喪失感の正体を、智世は最初、夢の職業を手放すことから来るものだと思った。

だが――その夜、夢を見た。

まだほんの子どもだった頃の夢だ。

すっかり日が落ちてしまったというのに、智世は家の外にいた。友達と夕方まで遊んだ帰り道、確か例の恐ろしいものを初めて見たときだ。当時の智世はそれが本当に存在するお化けか何かのように思ってしまって、町の中をめちゃくちゃに走って逃げた。それで帰り道がわからなくなったのだ。

そうしたら――智世よりも少しだけ年上の男の子が傍にやってきて、何か話しかけてきた。

智世も何かを話した。何を話したのかは覚えていない。何しろその男の子の顔も覚えていないのだ。

気付いたら智世は自宅の前に立っていた。

気付いたお手伝いさんが半泣きで出てきて、智世を抱きしめてくれた。心配した両親に叱られたが、素直に謝ったらすぐに許してくれて、やはり抱きしめてくれた。

恐ろしいものの話はその時、両親にはしなかった。その後もずっとだ。

普通、すぐに誰かに打ち明けてしまいたいと思いそうなものだけれど。子どもならなおさらだ。それとも「誰かに話したら変に思われるかも」と思いでもしたのだったか。

それに——あの男の子と話している間、何か美しいものを見たような気がする。その美しいものが、智世の心を不思議と慰めてくれた——気が、する。

何も覚えていない。あの日、迷子だった自分がどうやって家に帰ったのかも。あの男の子に関することも。

けれど、恐らくあれは自分にとって、憧れに近い淡い初恋だったのだ。

だって彼と出会った後、胸に穏やかに灯《ひ》が点《とも》ったように温かくて、それまでの恐ろしさがどこかへ飛んで行ってしまったのだから。

長い間すっかり忘れていた初恋らしきものを夢に見て、智世は束の間の感傷に浸った。

けれどすぐにそんな場合ではなくなった。退職までに仕事を後任の者に引き継いで、それと同時進行で、女学校卒業とともにすっかり記憶の彼方《かなた》へ消えてしまった花嫁修業の内容をすべて思い出さなければならなかったのだ。そんなこんなであっという間に時は過ぎた。

——そして例の結納すっぽかし事件である。

すっかり覚悟を決めていた智世は拍子抜けしてしまった。母親は智世以上にぷりぷりと怒っていたようだったが、父親に宥《なだ》められていた。そう、父親はなぜか結納をすっぽかした花婿の味方をするような姿勢だったのだ。それは傷ついた娘を慰めるためというよりも、本当に心からそう思っているためのようだった。両親が二人してそんなふうだったから、智世は却《かえ》って怒ったり悲しんだりする機会を逃した。蔑《ないがし》ろにされているようで憤りはしたものの、これも父親に宥められた。そうなっては智世にはそれ以上怒り続ける理由もなくなってしまう。何しろ怒りを継続させようにも、相手の顔も知らない状態ではあまりにも難しかったのだ。

だから婚礼当日も、どこか他人事《ひとごと》のような気がしていたのは否めなかった。もしかすると今日も花婿は式をすっぽかすんじゃ、という危惧《きぐ》も内心あった。それでも娘の花嫁姿を見て泣く両親の姿には胸がいっぱいになったし、今日を境にいよいよ自分の人生が大きく変わるのだという期待も不安もあった。世の中に数多《あまた》いる、当たり前の花嫁と同じように。

「あなたが来てくれるか、今日までずっと不安だった。——嫁に来てくれて本当に嬉《うれ》しい」

黒曜石の瞳《ひとみ》を輝かせて、知らず弾もうとする声を押し殺しながら、夫となる人は智世にそう告げた。かっちりした黒い軍服に身を包んでいるその姿は、惚《ほ》れ惚《ぼ》れするほど凜々《りり》しい。

智世は急激に心拍数が上がり、頬が熱くなるのを感じた。

この、何だかかわいらしく思えるような美しい人の妻に、自分は今日からなるのだと
──手をしっかりと握られたまま、ようやく智世は自覚した。

しかしやはり困惑もしてしまう。なぜ彼はこんなにも、自分に好意を抱いている素振りを見せるのだろう。よしんば父親が娘を良く見せようと根回しのためにあれやこれや話していたのだとして、それでここまで好意的になるものだろうか？

困惑が伝わったのか、彼は──宵江は慌てたようにぱっと智世の手を離した。

「す──済まない。急にその、失礼な真似を」

「い──いいえ」

失礼だなんて思っていない。これから夫となり生涯をともにする相手だ。

智世はしずしずと一礼した。そして告げる。

「初めてお目に掛かります。雨月《うづき》智世と申します。不束者《ふつつかもの》ではございますが──」

型通りの挨拶《あいさつ》をしようと顔を上げたときだった。

宵江がどこか寂しげな顔で、智世を見つめていた。何か、言葉を掛けなければならない雰囲気を感じて、智世は挨拶を途中で止める。

「あの……何か、失礼なことを申し上げたでしょうか」

問うと、宵江は首を横に振った。

しかしその寂しげな――智世よりもすらりと背が高いのに、どこか捨てられた仔犬《こいぬ》のような寂しげな様子に、智世は思わず抱きしめてやりたい衝動に駆られた。とても実行に移す度胸はなかったけれども。

こうして雨月智世は、この日を境に玄永智世となった。

それが何を意味するのか――智世がそれを知るのは、料亭での婚礼を終え、玄永家に入って、さらにしばらく時間が経った後のことである。

＊　＊　＊

――貞光《さだみつ》、と、母親は彼をそう呼んだ。

満足に口の利けない彼を、まるで実の子のように愛し、慈しみ、育てた女だ。

実子は生まれたばかりの頃に流行病《はやりやまい》で死んだらしい。夫も同じ病で死んだという。

女は一人だった。

彼が女に出会ったのは五つか六つか、そのぐらいの時分だ。

彼も一人だった。

彼に出会い、女は再び母親になった。みすぼらしい孤児を拾って育てようとするほど、女は孤独だったのだろう。女は再び生きる気力を得た。

貞光という、かつて失った実子の名で呼ばれ、実子の穴を埋めるようにかわいがられる状況であっても、彼はそれを歪《ゆが》んでいるとは思わなかった。

否、歪んでいるのだとしても、それでよかったのだ。誰かの代わりでもよかった。自分を捨てた両親の代わりに愛してくれるなら。

彼も孤独だったのだ。

だが、彼は再び一人になった。

女を——殺したからである。

第二章　玄永家の一族

——困ったわ。

智世は頭を抱えた。

婚礼の儀を終えて、いざ日本橋《にほんばし》を渡り玄永家へ入ろうという段である。

そこでようやく——智世は思い至ったのだ。

結婚というものが、両親に花嫁衣裳《いしょう》姿を見せて、夫の家で生涯暮らすという、ただそれだけではないということに。

智世は真っ赤な頬を両手で押さえた。知らず立ち止まってしまう。

料亭を出て両親や介添えのお手伝いさんたちと別れ、そこからほど近い玄永の家に向かう道中である。宵江に先導され、智世は数歩後ろをついて歩いていた。隣を歩くにはまだ気恥ずかしく、また宵江の周囲には玄永家の者らしき付き添いが何人かいたため、何となく近寄りがたかったというのもある。

智世は前を歩く宵江の背中を見る。

彼が着用している軍服のような制服は一見、智世の父が着ている警察の黒い制服にとてもよく似ている。だがよく見ると型が少し違う。智世の父は上着がすとんとした形のものを着ているが、宵江が着ているものは、上着の上から締められた帯革によって、より身体に沿って見える。帝国陸軍の軍服のように草色ではないし、内務省勤務の宵江が軍服を着るわけもない。だが初めて見たときから、制服というよりも軍服という印象だった。着ている宵江の背筋がすっと伸びていて、動作に無駄がないからだろうか。

婚礼の場で同じく宵江を初めて見た母親は、まるでおとぎ話の王子様のような方ねぇ、と笑った。その通りだ。隣で父親が複雑そうな顔をしていたから、彼も異存はなかったようである。智世だって何も知らない娘時分であれば、無邪気に同調していただろう。

――けれど。

宵江が振り返った。智世の足音がついてきていないことに気付いたのだろうか。

智世はどきりとした。黒曜石の瞳がまっすぐにこちらを見つめている。視線を外すことができないでいると、宵江がこちらに駆け寄ってきた。

「大丈夫か」

心配されるとは思いもよらず、智世はただ頷《うなず》く。

宵江はしかし智世の顔を覗《のぞ》き込んで眉《まゆ》を顰《ひそ》める。

「顔が赤い。具合でも悪いんじゃないか」

「ち、違います」

智世は思わず後退《あとずさ》った。一度好ましいと思った相手にこんな至近距離から覗き込まれるのは心臓に悪い。

「その……緊張してしまって」

智世はようやくそう絞り出した。

だが言外に含めた意味に、宵江はどうやら気付いていないようだった。智世の返事に、明らかにほっとした顔をしたのだ。

「……そうか。うちに来るのが嫌になったのかと」

——何故なのだろう、と智世は思った。

この人はやはり、智世が嫁入りすることを殊の外喜んでいるように見える。そうしてもらう理由に心当たりがないのに。何だか申し訳なさすら感じてしまう。

目の前に手が差し出された。美しい顔かたちとは裏腹に、男っぽくごつごつした手だ。さっきこの手に自分の手を握られたのかと思うと、差し出されたその手を再び取ることがどうしてもできない。心臓がずっと早鐘を打っている。

「あの……大丈夫です。一人で歩けますから」

絞り出すようにそう言うと、頭の上から、そうか、という返答が降ってきた。智世はいつの間にか宵江の顔を見ることができず、自分の足もとを見ていたらしい。

宵江は踵《きびす》を返し、歩き出した。智世は安堵《あんど》の息を吐き、その後をついて行く。

玄永家の付き添いの人たちが、なぜだか居心地悪そうにちらちらとこちらを見ていた。

玄永家の屋敷の門前に到着した途端、智世は目を見張って立ち尽くしてしまった。

そう——屋敷なのだ。

智世の実家も大きいほうだとは思う。官僚の父にお嬢様育ちの母、何人ものお手伝いさんに囲まれて育った。とはいえ自分の家をお屋敷だと思ったことは一度もない。ちょっと裕福な一般家庭、の域を出ない。

だが目の前に聳《そび》える玄永家の建物は、誰がどこからどう見ても、並々ならぬ人々が暮らす巨大な武家屋敷の様相なのだ。誰も何も教えてくれなかったが、ひょっとして玄永家は華族の家柄なのだろうか。そうだとしても全くおかしくない。

「……あの」

智世はまた声を絞り出した。さっきから全く滑らかに言葉が出てこない。

「今するお話ではないかもしれませんが、宵江様はその、お仕事は、内務省では具体的に何を……？」

お見合い写真がなかったことに端を発し、この婚礼には不可思議なことがありすぎる。智世はいざ輿入《こしい》れという今日に至ってまで、夫の職業すら詳細には知らなかったのだ。

宵江はこちらを振り返らないまま答えた。

「その話はまた追々」

宵江に促され、智世はおずおずと立派な構えの門を潜った。

その瞬間——何かが稲妻のように身体を駆け抜けた。

思わず立ち止まる。

痛みではない。何か――痺《しび》れのようなもの。

(今のは――何?)

宵江は何も言わない。付き添いの者たちもだ。異変を感じたのは智世だけだったということだろうか。しかし気のせいと断じるにはあまりにも――

「どうかなさいましたか?」

付き添いの一人が智世に問う。全員襟の高い外套《がいとう》に制帽を目深にかぶっていて、顔はわからない。だがとても若い声だ。少年と言ってもいい。

「……いいえ。大丈夫です」

智世は微笑んでみせた。

――あの異形の影と同じだ、と思った。

智世以外、誰も気付いていない。智世さえ気のせいだと断じてしまえば、それはもう気のせいということになる。

(そんなはずないのに。あの恐ろしいものの影だって、きっと本当は……)

智世は頭《かぶり》を振った。さしあたり目の前には、考えなければならないことが他にあるのだから。

しかしそれは杞憂《きゆう》に終わった。

玄永家に入った直後、宵江は急ぎの仕事が入ったとかで慌ただしく出て行ってしまったのだ。

智世は安堵して、通された部屋の中、一人座り込んでしまった。鏡台があり、洋風の長椅子と座卓があり、書き物机がある。そして――一人用の寝台も。

(……そうよね。いくら何でも今日が初対面なわけだし)

純和風の武家屋敷のような外観とは裏腹に、屋敷の内装は和洋折衷だった。というよりも洋館に近い。設《しつら》えられた家具調度はどれも高価そうなものばかりだが、ごてごてとした華美さはなく、落ち着いた色で統一されていて好ましい。

(でも……ちょっとだけ)

――寂しい。

そう思った自分に驚く。

寝室が別であることも、婚礼の夜に夫が仕事に出てしまったことも。

何となく――拒絶されてしまったようで。

覚悟が決まっていなかったのだから、今のこの状況は智世にとっては願ったり叶《かな》ったりのはずだ。でも。

(……お話しくらいは、したかった)

まだ宵江のことを何も知らない。黒曜石の瞳《ひとみ》を持つ、無表情なのに感情豊かな、ちょっとかわいらしい人だということぐらいしか。

　――黒曜石の。

（……あれ？）

　ふと――何かが引っかかった。

　しかしそれが何なのかを探る暇《いとま》もなく、扉の外から声が掛かった。

「智世さーん」

　明るい声で呼ばれる。若々しい青年の声だ。智世が返答する前に、別の声が青年を制す。

「違いますよ茨斗《しと》さん、奥様ってお呼びしないと」

　それはさっき門前で智世の様子を窺《うかが》った少年の声だった。智世は思わず腰を浮かす。

「えー？　いいじゃん別に。十咬《とおがみ》は堅苦しいな」

「茨斗さんが緩すぎるんですよ。まったく、こんな人が使用人頭だと奥様に知られてしまうなんて」

「何をーっ！」

　じゃれ合うような、まるで仲の良い兄弟喧嘩《げんか》のような様相だ。

　智世は扉まで駆けていって、そっと開いた。

「あの……智世でいいです」

　こちらを見る、恐ろしく美しい二つの顔と目が合って、智世は固まった。

　予想に反して顔かたちは全然似てはいない。どうやら兄弟ではないようだ――何しろ片方は黒髪、そして片方は、おとぎ話で読んだ西洋のお姫様のような、珍しい金色の髪をしている。二人とも宵江が着ていたものとよく似た黒い制服を着ている。あの外套の下に着用していたということか。

二つの美しい顔が、言葉の続きを待っているようにずっとこちらを見つめ続けるので、智世はまたしても言葉を絞り出す羽目になった。

「えっと……奥様っていうの、ちょっとまだ慣れないかなって……」

すると——茨斗と呼ばれた青年のほうが、明るく天真爛漫《らんまん》そうな顔立ちに、実に明るく天真爛漫な表情を浮かべた。長い黒髪を尻尾《しっぽ》のようにまとめた、智世自身と同じぐらいの年頃に見える青年だ。頭から爪先《つまさき》まで黒ずくめなのに、暗い雰囲気はまったくない。顔立ちの美しさよりも、くるくると変わる表情のほうが印象に残るような、そんな青年である。

「ほらぁ！　智世さんも智世さんでいいって！」

「まったく……ご本人がそうおっしゃるんじゃ仕方ないですけど……」

渋々、といったふうに十咬と呼ばれた少年が呻《うめ》く。こちらは肩につかないほどの長さの金髪の、絵に描いたような美少年だ。背丈は茨斗よりも低く、智世より少し高いぐらいで、十四、五歳だろうか。まるでボーイッシュな美少女のようにも見える。しかしどう見ても十咬のほうが年下だろうに、まるで兄のような物言いだ。

智世は戸惑いながらも問いかける。

「あの、何かご用でしょうか？　えっと、立ち話も何ですし、よかったら中に」

「あ、智世さんダメですよ。男を軽々しく部屋に誘っちゃ」

茨斗に悪戯《いたずら》っぽくそう言われて、智世は思わず真っ赤になった。

「違います！　そういうつもりで言ったんじゃありません！」

「わかってますって。ちょっと言ってみただけ。おっ邪魔しまーっす」

茨斗は鼻歌でも歌いそうな勢いでそう言って、本当に遠慮なく部屋に入ってきた。

「……えぇ……？」

「申し訳ありません、智世様。うちの使用人頭、あんな感じなんです」

言いながら十咬も、こちらはいくらか遠慮がちに部屋の中に入ってくる。手に急須《きゅうす》や湯飲みが載った盆を携えているから、これを持ってきてくれたということだろう。

座卓に盆を置くと、二人は並んで智世の前に立った。

「俺は茨斗。この玄永家の使用人頭です。何か困ったことがあったら、何でも俺に訊《き》いてくださいね」

「僕は十咬です。智世様のお世話係を仰せつかりました」

「初めまして。雨月智世です」

慌てて一礼すると、茨斗がにやりと笑った。

「違うでしょ智世さん。雨月じゃなくてー」

「あっ……」

智世は頬を赤らめた。すると十咬が庇《かば》うように茨斗との間に割って入る。

「いい加減にしないと宵江様に言いつけますからね」

「げっ。卑怯《ひきょう》だぞ十咬！」

智世は思わず笑った。そして二人に椅子を勧めたが、使用人だからと断られてしまう。

「でも、立ったままお話しするなんて。お願い、私が落ち着かないから座ってください」

そう言うと、二人は顔を見合わせて、それじゃ、とようやく座ってくれた。茨斗などは勧めずとも椅子に腰を下ろしそうなものなのに、妙なところで線引きをしているようだ。

十咬が淹《い》れてくれた茶を一口飲んで、智世は二人の顔を見た。

「それで、何かご用があっていらしたんじゃ」

「あ、その前に。智世さん、俺たちに敬語はやめてください。智世さんは俺たちの大将の奥方様なんで」

また線引きだ。しかも妙な言い方をする。家主のことを大将だなんて。

彼らが着用している黒い制服――内務省の警察官が着用する制服のはずが、何だかまた軍服のように思えてくる。

「わかりま……、わかったわ」

初対面の相手に敬語を使わないなんて気が引けるが、食い下がられそうなので素直に従うことにする。

　すると二人は何やら目配《めくば》せをした。そして十咬が口を開く。

「家内で最年少とはいえ男の僕が世話係なんて、ご不便をお掛けして申し訳ありません」

「いいのよ。私、自分のことは一通り自分でできるから。十咬くんになるべく面倒をかけないようにするね」

「……本当は女中の誰かをつけられればいいんですけど、生憎《あいにく》、女性の中には僕と同等に動ける者がいなくて」

　あれ、と智世は首を傾げる。今の言い方は何だか奇妙だ。何か、身の回りの世話のことだけでない話をされたような──

　しかしそれを問い質《ただ》す間もなく、茨斗がにやにやと笑う。

「半人前のお前が『僕と同等に』ねぇ」

「う、うるさいですよ茨斗さん」

「そういう台詞《せりふ》は宵江さんにちゃんと認めてもらえてから言ったほうがいいんじゃない？」

「ちょっ、智世様の前でやめてくださいってば」

　そうですよ茨斗、と不意に扉の外から艶《つや》やかな声が同調した。

「男は女性の前ではいい恰好《かっこう》をしたいんですから、させてあげましょ」

　言いながら、華やかな色柄の着物に前掛けをした長身の美女が、軽食を携えて入ってくる。まるで男装の麗人のような雰囲気のある人物だ。前からだと結い上げているようにも見える枯茶《からちゃ》の髪が、実は短髪だからだろうか。

思わず見惚れる智世《みと》に、そのどこか中性的な人物は微笑みかけてきた。

「女中頭の流里《るり》といいます。どうぞよしなに」

「は――はい。よろしくお願いします」

流里さん、と十咬が頬を膨らませる。

「智世様に余計なことを言わないでください」

「おや、照れたんですか？　かわいいですねぇ」

「だから、そういうことを言うのをやめてくださいと――」

言いかけた十咬の言葉を、またもや扉の外から遮る声がする。

「おいお前たち！　流里の野郎を見かけなかったか！　あいつ経理の作業をほっぽって――」

叫びながら駆け込んできたのは、茨斗たちと同じ黒い制服に身を包んだ青年だった。いかにも神経質そうな顔立ちの、恐らくは宵江よりも長身の美形だ。肩で息をしながら智世の姿を認めるや、青年はがばっと音が出るほど勢いよく頭を下げた。

「大変失礼いたしました！　奥様の御前だというのに！」

「い、いえあの、お顔を上げてください」

慌てる智世に、茨斗が青年を指さす。

「あー智世さん、この人は紘夜《こうや》さん。玄永家のお財布担当です」

「誰がお財布担当だ！　経理と言え経理と！　大体茨斗、お前が子どもじみた菓子だ何だと無駄遣いするからこんな日にまで俺は着替えもろくにせずに――」

「流里さんに用事があったんじゃないんですか？」

「ハッそうだった！　流里、仕事を途中で放り出して奥様のところに行くなんて、大体お前ときたら今日は宵江様の一生に一度の晴れの日だから正装でという話だったのに、またそんなビラビラした女物の着物で！」

「あーはいはい。うるさいですよ紘夜」

「誰がそうさせている！」

　言い合う――というより、一方的に小言をくどくどと並べ立てる紘夜を流里が受け流しているだけのようにも見えるが――二人に圧倒されている智世に、十咬がこそっと耳打ちする。

「騒がしくて申し訳ありません」

「それはいいんだけど、その、大丈夫なの？」

「はい。あの二人はこれが普通なんです」

　それに智世は、紘夜が口にしたいくつかの文言が非常に気になってしまった。声を潜めて十咬に問う。

「あの、仲の良いお二人のことに口出しするのは無作法かもしれないけれど、紘夜さん、いくら何でも女性を野郎呼ばわりはどうなのかしら」

するとなぜか十咬は目を瞬《しばたた》かせた。

「いえ、だって流里さんは――」

しかしそうしているうちに、流里が紘夜に引きずられて部屋を後にしようとしたので、智世は十咬の言葉を遮って軽食の礼を言わねばならなかった。流里も紘夜も、忙しい仕事の途中だというのにわざわざ顔を見せに来てくれたようだ。さっきは目深にかぶった制帽と外套《がいとう》で判別がつかなかったが、きっと婚礼にも列席してくれていたのだろう。その礼を言う隙もなかった。

流里が持ってきてくれたあんみつを遠慮なく食べながら茨斗が言う。

「嵐の後みたいですねぇ」

まったくその通りである。

ちなみに十咬は智世の風呂《ふろ》の支度をするため、流里たちに続いて出て行った。今は茨斗と二人きりだ。

「……それで、えっと」

智世が再度促すと、茨斗はちらりと智世のほうを見た後、屈託なく笑った。

「別に用ってほどでもなかったんですけどね。まぁ宵江さんのことは心配ないから、智世さんにはここを我が家だと思ってくつろいでもらえたらなーって」

それを伝えようと思ってここに来たんですよ、と言って、茨斗は寒天を口に運んだ。

智世は匙《さじ》を持った手を止めた。

「……ありがとう。会ったばかりの、ほとんど見ず知らずの私を気遣ってくれて」

正直なところ、初対面とはいえ夫に、こんな大きな屋敷に一人で置いていかれて、身の置き場のない思いをしていたところだった。流里や紘夜、そして十咬があんなふうに接してくれたのも、智世の緊張を解くためなのだろう。

するど茨斗は匙を咥《くわ》えたまま言った。

「いや、見ず知らずっていうか――」

「え？」

「んー。なんでもないです」

首を傾げて先を促してみるが、茨斗にはその言葉の先を続ける気はないようだ。

やや居心地の悪さを感じ、智世は部屋を見回してみる。

「あの、玄永様のお屋敷ってとっても立派なのね」

「でしょう？　宵江さん、跡を継いだばっかですけど、立派にご当主やってますよ」

「宵江様って、どんなお仕事をしていらっしゃるの？」

問うと、茨斗は片眉《まゆ》を上げた。

「その話、宵江さんとしました？」

「少しだけ。でもはぐらかされてしまって」

「じゃ、俺からは言えないですね」

宵江さんが話すのを待ってください、と茨斗は言った。

わかっていた――が、智世は肩を落としてしまう。宵江も使用人たちも、とてもいい人なのだろうということは少し話しただけでわかった。だが、疎外感は否めない。よその家から輿入《こしい》れしてきた身で図々《ずうずう》しいのかもしれないが、もう少し――自分にだって、知る権利があるのではないか。

はあ、と知らずため息が漏れた。と、茨斗が急に慌てたように身を乗り出す。

「違いますよ！　智世さんを軽んじてるわけじゃないですからね！」

「え……」

茨斗はがしがしと頭を掻《か》いた。

「あーもう、宵江さんがあんなだから……。結納の件とか見合い写真の件とか、あの人まだちゃんと智世さんに説明してないですよね？」

「ええ……。結納の日は急なお仕事が入られたって聞いたわ。お見合い写真は、とにかく出せないって」

「あーーもーーー」

茨斗は頭を抱えた。

「そりゃしょうがないことだけど！　だけどそんなの一刻も早く弁解しないとダメだろー！」

茨斗は――宵江と、何だかとても距離が近いように見える。地位や役職の距離ではない。心の距離がだ。

茨斗は膝の上で両手を組んで、その上で項垂《うなだ》れた。

「……部下の俺にはその辺りのことを宵江さんより先に説明することはできないですけど、他に何かありますか？　心に懸かってること。答えられる範囲でなら答えます」

呻《うめ》くようなその言葉に、智世は意を決して口を開いた。

「……一つ、あるわ」

「何ですか？」

「あの……どうして宵江様と私、寝室が別なんでしょう？」

ぽかん、という擬態語が非常に似合う表情で、茨斗が顔を上げた。

「……今何て言いました？」

「わ、私」

智世はみるみる真っ赤になる。

「そ、それなりに覚悟して来たの。だってその、お嫁入りってそういうことだし」

茨斗は口を開けたまま智世を見ている。智世は恥ずかしさで居たたまれなくなった。

「それに、こんな立派なお屋敷のご当主が夫ということは、跡取りを産まなければならないってこと……でしょう」

語尾が思わず萎《しぼ》んでしまう。真っ赤になって俯《うつむ》いた。さすがに笑われてしまうだろうか。同性相手ならばいざ知らず、同年代の男性の、しかも初対面の相手にこんな話をしてしまうなんて。

しかし予想に反して茨斗は笑うでも茶化すでもなく、智世にまっすぐ向き直った。

「智世さん。うちの主人は、ちょっと不器用なんです」

「それは……」

知っている。婚礼の折、表情や声音に滲《にじ》む喜びをあんなに不器用に抑える人は初めて見た。

茨斗は続ける。

「ここだけの話、今夜新婚の花嫁を置いて飛び出していかなきゃならない仕事があるなんて、俺は聞いてません」

え、と智世は顔を上げる。

茨斗は少年のように笑った。

「これ、俺が言ったって宵江さんには内緒にしててくださいね。――婚礼の夜にあなたを怖がらせないようにするにはどうしたらいいかって、流里さんあたりに散々相談してたみたいですよ。俺、宵江さんの幼馴染《おさななじ》みなのに相談してもらえないの酷《ひど》いですよね。ま、俺に相談したら当の智世さんにベラベラしゃべっちゃうからだと思うんですけど」

まぁどっちにしてもしゃべっちゃうんですけどね、と茨斗は悪戯《いたずら》っぽく肩を竦《すく》めた。

智世は思わず頰に両手を当てた。

(用もないのにわざと外出した。私を……怖がらせないように)

それはつまり。

（……大事にしてくれているということ？　私を）

──そんな理由で、婚礼の夜に花婿が花嫁を置いてどこかに行ってしまうなんて。

「ね？　不器用でしょ？　だからほっとけないんですよね」

茨斗は言いながら、ぱくぱくとあんみつを食べる作業に戻る。

智世は掠《かす》れた声で彼に問う。

「……宵江様はどうして、初対面の私をそこまで気に掛けてくださるの？」

茨斗は手を止めずに答えた。

「それは本人に訊《き》いてくださいよ。まぁ俺だったら、『奥さんがかわいいから』って答えますけどね。それと」

宵江様ってのと敬語やめてあげたほうが喜ぶと思いますよ、と、茨斗は笑った。


新郎のいない新婚生活一夜目が明けた。

目覚めてまず最初に目に飛び込んできたのは、ポメラニアンの赤ちゃんの顔面だった。

「……え？」

はっはっ、という息が夢うつつに耳もとで聞こえるなとは思ったが、まさかの光景に智世は固まる。ついでに誰かが頬をたしたしと軽く叩《たた》く感触もしていた。夢ではなかったらしい。ポメラニアンの右前足が、まさにそのたしたしの角度で止まっている。

「……えーっと……」

とりあえず起き上がり、ポメラニアンと見つめ合う。

犬を飼っているという話は昨夜は聞かなかった。首輪はついていない。が、こんなに愛らしい仔犬《こいぬ》がまさか外から迷い込んだ野良犬ということはないだろう。ポメラニアンは最近異国から入ってきたばかりの犬種で高価だと父から聞いたことがあるし、毛並みもよく手入れされているようでふわふわだ。一撫《な》でしてみると、見た目通りに綿のように柔らかい。その上、気持ちよさそうに目を閉じてくれている。あまりにかわいらしくて、智世はしばし夢中で撫でくり回す。

と――扉の外から十咬の声が聞こえた。

「綱丸《つなまる》ー？　智世様は起床なさった？」

「わぅ」

ポメラニアンが一鳴きする。まるで人間との会話が成立しているかのようだ。

微笑ましく思っていると――扉が不意に開いた。

智世は固まった。寝起きですぐにポメラニアンと戯れていたため、寝間着の浴衣《ゆかた》の胸もとも、裾《すそ》もはだけたままだ。

外から扉を開いた姿勢のまま、十咬も固まっている。

彼は気の毒なほどに顔を真っ赤にして、音を立てて扉を閉めた。

「失礼いたしました！」

「え、あの、十咬くん」

「綱丸お前、智世様のお支度が調《ととの》ってから返事をしてってあれほど言ったのに！」

「わふ」

また会話が成立している。ポメラニアンは申し訳なさそうに、きゅーん、と上目遣いで智世を見上げている。智世は浴衣の胸もとを整えてから、ポメラニアンを抱き上げた。

そして扉の外に声を掛ける。

「十咬くん、ごめんね。私なら大丈夫だから、どうぞ」

するとおずおずと扉が開いて、申し訳なさそうに十咬が入ってくる。今日はあの制服姿ではなく、紺色のズボンにぱりっとした白いシャツ、それにいかにも育ちのよさそうなベスト姿だ。朝日に透ける金髪も相まって、まるで異国の令息のように見える。

十咬は手に洗面道具を持っている。智世は慌ててしまった。

「十咬くん、そんなことまでしてくれなくていいのよ。私、自分で支度できるから」

「いえ、僕にやらせてください。せっかく宵江様から賜った大事なお役目ですから」

そう言われては食い下がるわけにもいかなかった。与えられた仕事を奪うのは職を奪うのにも等しい。雇い主側としてはそれは決してしてはいけないことなのだと、父親からも、そして勤め先でも智世は学んでいる。

「替えのお召し物は、そこの箪笥《たんす》二棹《さお》にすべて片付けてあります。右側が智世様がご実家からお持ちになられた分、左側が宵……っとと」

十咬は慌てて口を押さえて咳払《せきばら》いし、続けた。

「我々がご用意した分です」

目を丸くする智世に、十咬はてきぱきと部屋の説明を続ける。下着類は触らずに置いたままにしてあるから自身で荷解《にほど》きしてほしいこと、装飾品や化粧品、その他雑貨類の収納場所。細々としたものは智世が手荷物で持参したが、大きなものは別に屋敷に運び入れてもらっていたのだ。当然、智世はすべて自分で荷解きをするつもりでいたから、先回りをしてここまでしてもらって申し訳なくなってしまう。

一通りの説明を終えた十咬が退室すると、智世は寝台の傍に置かれた時計を見た。針は七時を指している。もう少し早く目覚めるつもりでいたのに、やはり昨夜緊張でなかなか寝付けずにいたためか、思っていたよりも寝入ってしまったようだ。

(急いで支度しなきゃ)

智世は十咬が持ってきてくれた洗面道具で顔を洗い、手早く化粧を済ませた。そして右側の箪笥に手を掛ける。

(……宵江様が用意してくださったって言ってた)

十咬はそうは言っていないが、言ったも同然だった。興味を抑えきれずに左側の箪笥を開いてみる。そこには智世が手に取ったこともないような高価な生地の着物から、密《ひそ》かに憧《あこが》れていた洋装のワンピースまで、色もとりどりの衣類がぎっしりと詰まっている。

驚きのあまり、智世は箪笥を一旦《いったん》閉めた。

こんな贈り物を用意してくれているなんて、昨日、宵江は一言も言わなかったのに。

一着選ぶのだけでも大変だろうに、こんなにたくさん。

智世は右側の箪笥を開けて、持参した薄藍《うすあい》の着物を手に取った。そして急いで着替えると、足早に部屋を出て階下に向かった。


そういえばお台所の場所も知らないな、と思いながら階段を駆け下りると、居間に流里がいた。捜していた人物に一番に出会えたことに感謝しながら駆け寄る。

「おはようございます、流里さん」

流里は美しく化粧を施した顔に柔和な笑みを浮かべた。今日も艶《あで》やかな着物に前掛け姿だ。

「智世さん。おはようございます」

流里は智世よりも、宵江よりも年上に見える。三十になるかならないかぐらいだろうか。まだ出会って丸一日も経っていないのに、なんだか姉のように感じる。

「こんなに朝早くにどうしました？　まだお部屋でゆっくりなさっていればいいのに」

そう言われて、智世は目を丸くした。

「朝ごはんの支度です。ごめんなさい、本当はもっと早起きするつもりだったのに」

え、と今度は流里が目を丸くする。

「朝食の支度ならとうに済んでいますよ。我々女中の仕事ですから、智世さんにやっていただくことなんて何もありません」

今度こそ智世は呆然《ぼうぜん》と立ち尽くしてしまった。流里はばつが悪そうに続ける。

「家の者が事前に何も説明しなかったんでしょうか。玄永家では、奥方様には家のことは何一つしていただく必要はないんですよ。掃除や洗濯も、そのお役目を頂いている使用人がいますから」

それじゃ、と智世は呟《つぶや》いた。――花嫁修業が一切役に立たないのなら。

「私は……一体何を……」

と――

「――智世さん？」

階上から声が掛かった。その声を聞いただけで、何だか心が浮き立つような心地で智世は振り返る。

宵江が階段の上からこちらを見下ろしていた。着流し姿で、昨日の隙のない制服姿とは雰囲気ががらりと違って見える。無論、どちらもとても似合っていて素敵だ。

階段を下りてくる宵江に挨拶《あいさつ》しようと、宵江様、と言いかけて、智世は昨夜の茨斗の言葉を思い出した。深く考えてしまったら一生絞り出せない気がしたので、勢いに任せて呼びかける。

「お、おはようございます――宵江さん」

宵江が瞠目《どうもく》した。横で流里が、おやおや、と薄笑いを浮かべている。

「……おはよう」

どこか呆然としたような宵江に、智世は次に続く言葉を持たなかった。何しろ昨夜の事情が事情だ。あんなに気を遣ってもらってしまった後にどうすれば――

(――違う。私が事情を知ってること、宵江様――さんは知らないはずだわ)

だったら、と智世は宵江をまっすぐに見上げた。

「あの、昨夜は急なお勤めお疲れ様でした。つつがなく終わられたようで何よりです」

「――ああ」

宵江もようやく合点《がてん》がいったらしく、ぎくしゃくと頷《うなず》いた。

「お陰でその――何事もなかった。心配をかけていたらすまなかった」

違うでしょう、と流里が見かねたように半眼で口を挟む。

「謝るなら寂しがらせたことを――」

「る、流里さん！」

言いかけた流里の言葉を遮るように、今度は居間の奥から声がかかる。十咬だ。

「今すぐこっちに来て綱丸のミルク用意してください！　今すぐ！」

「何ですか急に。そんなの綱丸が自分で――」

「いいからその場で余計な口挟まないでくださいって言ってるんです早く！」

「……まったく。わかりましたよ。あーあ、これじゃ進むものも進まない」

流里は肩を竦《すく》めて、しかし薄笑いを浮かべたままで居間の奥に引っ込んでいく。十咬が愛想笑いを浮かべて智世と宵江を見た後、すぐにその扉はばたんと閉められた。扉の向こうで二人が何事か言い合っている声がする。

何となく二人を見守ってしまっていた智世は、改めて宵江に向き直った。そしてどきりとした。

宵江はじっと智世を見つめていた。

もしかして——智世が流里たちのほうを見ていた間、ずっとだろうか。

何だか気恥ずかしくて俯《うつむ》いてしまう。そして窺《うかが》うようにまたちらりと見上げる。

朝の光の中で見る黒曜石の瞳《ひとみ》は、夜に見るのとはまた違って見えた。昨夜が夜空の星々なら、今は朝露に降り注ぐ暖かな陽光の煌《きら》めきだ。

「その……着物は」

「き、着物？」

思わず見惚《みと》れていたところに話しかけられて、智世はびくっと肩を震わせた。

「その——用意させたものは、気に入らなかっただろうか」

「——え」

人形のように美しいのに、宵江が人形のように見えないのは偏《ひとえ》に——一見無表情にも拘《かか》わらず——感情表現が豊かだからだ。

宵江は智世の目から見ても明らかに悲しげだった。

「き」

何かを考えるより先に口が動いていた。

「気に入らないはずありません！　どのお着物も素敵だったから家事をするときに着るのはもったいないと思っただけで！」

「……着るのが嫌だったわけではないと？」

「あたりまえです！」

智世が力いっぱい頷くと、宵江は表情を変えないまま、その顔に安堵《あんど》を浮かべた。

「……そうか。よかった」

「あの、私今から着替えてきます！　宵江さんは何色がお好きですか⁉」

勢い込んで問う。宵江は瞠目したまま首を横に振る。

「いや、そんな手間を掛けさせてしまうのは」

「私が着たいと思ったから着るんです！　あなたのお好きな色を――その」

言いかけて、智世は真っ赤になって口を噤《つぐ》んだ。

こんなの、まるで自分が宵江に喜んでもらいたがっているようではないか。

そんな智世の胸中などいざしらず、いつからいたのだろう、長椅子の陰に隠れた茨斗がこっそり顔を出して「智世さん、敬語。敬語になってる」などと悪戯《いたずら》っぽく囁《ささや》いている。

（急には無理よ！　それに今それどころじゃ――）

口をぱくぱくさせて必死に伝えようとするが、わかっているのかいないのか――恐らくわかっていてわざとなのだろうが、茨斗はにやにやと笑っている。そんな彼を、宵江は嘆息混じりに窘《たしな》めた。

「茨斗」

「はぁい。わかってますって」

茨斗は素直に立ち上がり、両手を上げて降参の恰好《かっこう》をした。そして、あ、と何かを思い出したような声を上げる。

「智世さん、よかったら俺の代わりに綱丸の散歩に行ってくれませんか？」

思ってもみないその申し出に、智世は喜色を浮かべた。

「私が行っていいの？」

「はい。俺今から仕事なので、行ってもらえると助かります。何せうちのご主人様は今日一日非番なんで、俺がその分しっかり働かないと」

すると宵江がなぜか不可解そうな顔をした。

「お前、綱丸の散歩なんて普段――」

「あー助かるなぁ！　奥様が直々に散歩に行ってくださるなんて俺とっても助かる！　そんじゃ行ってきまーす！　あっ今日も部下何人か連れていきますね！」

片手を挙げてそう言うと、茨斗は勢いよく玄関から飛び出して行った。彼は昨日と同じ黒い制服に、外套《がいとう》と制帽姿だ。扉の外に何人かの部下らしき姿が見えたが、彼らは外套と制帽は身につけていない。制服自体も、茨斗のものよりいくらか簡素に見えた。

「……茨斗さん、とっても明るい方ですね」

「子どもの頃からずっと変わらない。賑《にぎ》やかすぎて困っている」

そう言いつつも、茨斗が出て行ったほうを見つめる宵江の眼差《まなざ》しは穏やかだ。幼馴染《おさななじ》みだと言っていた。当然のことながら、智世が知らない宵江のことを、茨斗はたくさん知っているのだろう。

うらやましいな、と思った。

まだ出会って二日目の相手だというのに、知らないことのほうが多いのだという今の状態をもどかしく感じる。知らなくて当たり前なのに。

（私は――まだ宵江さんの好きな色も知らない）

と、宵江が今下りてきた階段に再び足を掛けた。

「待っていてくれ。綱丸の散歩紐《ひも》を取ってくる」

頷くと、居間の奥の扉から十咬がひょっこりと顔を出す。

「宵江様、お出かけですか？」

「ああ。綱丸の散歩に行ってくる」

「綱丸の散歩？　なんでまた――ああ、なるほど。そういうことですか」

十咬はしたり顔で頷いた。宵江は半眼で呻《うめ》く。

「茨斗もお前も、一体何なんだ」

「いえ別に。どうぞ行ってらっしゃいませ」

十咬は言って、ずいと綱丸を差し出してきた。ミルクを飲んだばかりなのだろう、口の周りが白く濡《ぬ》れていて、それがまた赤ん坊のようで愛くるしい。

と、智世は気付いて声を上げる。

「宵江さんも一緒に行ってくださるんですか？」

「？　あなたが行くなら当然――」

言いかけて、宵江は咳払《せきばら》いをした。

「……昨日うちに来たばかりなんだ。まだこの辺りの道もよく知らないだろう、あなたは」

「あ。それもそうですね」

あはは、と智世は思わず笑う。心なしか宵江の頰に赤みが差しているような気がして、智世もつられて赤くなってしまう。

流里が十咬の後ろから顔を出して、戻られたら朝食にしましょう、と声を掛けてくれた。

十咬に抱かれたままの綱丸が賛同するように、わう、と鳴いた。

自慢ではないが、男性と二人きりで並んで歩いたことなど、それこそ父親相手ぐらいしかない。

かちこちに固まったまま、智世は宵江の半歩ほど後ろを歩く。気を抜いたらもっと後ろに下がってしまいそうなのを、そのたびに宵江が立ち止まって待ってくれるのだ。

綱丸は首輪や散歩紐など本当は必要ないのではないかと思うほど、利口に宵江の足もとにぴったりくっついて歩いている。ぬいぐるみのようにもふもふとした毛玉が一生懸命歩いているさまは、思わず抱きしめたくなるほどいじらしい。

散歩がてら、宵江は屋敷の周囲を簡単に案内してくれた。同じ都内だし、新橋《しんばし》にある智世の実家からもそんなに離れているわけではないが、景色はまったく別の場所に感じられる。明るい朝陽に照らされていることを差し引いても、何だか輝いて見えるのだ。

「――あの川向こうの商店は流里がよく使っているらしい。化粧品の品揃えがいいと言っていた」

「そうなんですね。後で流里さんにいろいろ聞いてみようかな。お許しそうですものね」

こんな具合で、さっきからずっと宵江は智世が興味を持ちそうな話題を選んで振ってくれている。それも、既に智世と挨拶《あいさつ》を済ませている使用人たちの情報を織り交ぜて、智世がなるたけこの辺りの街並みにも、そして使用人たちにも、親近感を覚えるようにしてくれているように思う。向こうの通りを一本入ったところにある駄菓子屋は茨斗の御用達《ごようたし》だとか、紘夜は意外と芝居小屋が好きで徹夜仕事明けでもよく通っているとか、川沿いの土手を街のほうに向かって十咬が歩いていると、道行く人によく異人に間違われてちょっと遠巻きにされるとか。

「……あの」

街角の小さな公園に差し掛かったあたりで、智世はおずおずと切り出してみた。

「私、宵江さん自身のこと、もっと知りたいです」

宵江は智世を見つめ返してきた。

幼馴染みだという茨斗をはじめ、智世に声を掛けてくれた使用人たちは皆、宵江と付き合いが長く、仲が良い者たちだという。宵江が玄永家を継いだと同時に、先代の頃から仕えていた者たちの多くは、先代の隠居に合わせて、三区画向こうの別邸に引っ越していったらしい。呼べば彼らも手を貸してくれる、と宵江は言うが。

そして茨斗が『部下』と呼んでいたあの制服姿の彼らは、敷地内にいくつかある離れで暮らす同じ一族――であるらしい。血の繋《つな》がりがある者も、ない者もいて、まるで一つの郷《さと》であるかのような印象を智世は持った。

その長が、宵江なのだ。

そしてその妻が――自分。

一家の当主となったからにはいつまでも独り身ではいられないだろう。どこの誰とも知れない者を嫁にもらうよりは、親同士が気心の知れた間柄だからその子ども同士を、と望むのも自然なことだ。

けれど。

――今も宵江は、熱の籠《こ》もった瞳《ひとみ》で智世を見ている。

「そして、私のことも、もっと知ってほしいです」

自分は彼の期待通りの相手ではないかもしれないから。

(――そうか)

それが怖いから、早く知ってほしいのだ、智世自身のことを。もし期待を裏切ってしまうなら、傷が浅いうちのほうがいいから。

落胆する彼を見たらきっと自分は傷つく。それほどまでに、もう彼に惹《ひ》かれてしまっている。

宵江が口を開いて、何かを言いかけてやめた。視線を綱丸のほうに逸《そ》らしてしまう。

綱丸は飼い主の様子がわかっているのかいないのか、愛らしく小首を傾げた。

「……お前もそう思うか」

「わふ」

……また会話が成立している。

宵江は意を決したように智世の手を取った。どきりとする暇《いとま》もなく、公園の端に設《しつら》えられた小さな東屋《あずまや》のほうへ導かれる。宵江は腰掛けを手ではたくと、そこを智世に示した。智世は大人しくそこに腰掛ける。宵江もその隣に腰を下ろした。

否、隣と言えるほど近くはない。

綱丸が困ったように二人の間を行ったり来たりしている。

「……俺は」

足もとを見つめたまま、宵江が言った。

「好いた相手と添うことができたことを、今でも夢なのではないかと思っている」

「！……はい」

ぼっ、と顔から火が出そうになった。なぜこの人はこんなにもまっすぐな言葉をくれるのだろうか。

「だからその、俺が何か、あなたの希望と違うことをしていたら教えてほしい。できるだけ使用人たちの意見も汲《く》んで先回りできればと思ってはいるが、俺はその――どうも勘が鈍いらしいんだ」

智世の脳裏を、新婚の夜を一人で過ごした昨夜の記憶や、箪笥《たんす》いっぱいの美しい着物の数々、それに絶え間なく現れてはあれやこれや手を尽くしてくれる使用人たちの顔が駆け抜けていった。

智世は思わず噴き出した。宵江がやや頬に朱を昇らせて、半眼でこちらを見る。

「なぜ笑う」

「いえ。お心遣いがありがたいなと思ったんです」

智世は言って、勇気を出してほんの少し、宵江のほうに寄ってみた。

「あなたがしてくださることであれば、私は何でも嬉《うれ》しいです」

そう言って微笑む。綱丸が何だか嬉しそうにこちらを見上げてくれているから、怖がらずに気持ちを言葉にできた気がした。

宵江の手がこちらに伸びてくる。指先が智世の頬に触れた。

黒曜石の瞳が間近にある。吸い込まれるように見入ってしまう。あるいは、魅入られて、か。

「俺のこと、玄永家のこと——俺たち一族のことは、これからゆっくり知っていってほしい。あなたがこれまで暮らしてきた場所とは、きっといろんなことが違うと思う。だから無理はせず、少しずつ知ってくれればいい」

そのために、と宵江は不意に目を逸らした。

智世は目を瞬《しばた》かせる。

「……そのために、何でしょう？」

「……言葉を」

意図がわからず、促すように首を傾げてみる。

宵江の手が頬からぱっと離れた。心地の好《よ》い感触がなくなってしまい、名残惜しく思う。

宵江はまた足もとに視線を落として、ひどく言いづらそうに呟《つぶや》いた。

「……茨斗たちとばかり、その、親しげに話すのは……」

——敬語、敬語、と脳内の茨斗が楽しげに喚《わめ》いた。

ああ、と智世は思わず両手で口もとを覆う。そうしないとまた笑いが溢《あふ》れてしまって、目の前のかわいい人をますます拗《す》ねさせてしまいそうだったので。

「わかったわ、宵江さん」

智世は宵江の手を取り、安心させるように微笑んでみせた。

「敬語を外すとあんまりお淑《しと》やかになれないから、当主夫人としてふさわしくないかもと思って不安だったの。でも、私もちゃんと自分の言葉で、あなたとお話ししたい。あなたと一日も早く仲の良い夫婦になりたいから」

屋敷に戻り食堂に向かうと、配膳《はいぜん》をしていた流里が目を丸くした。

「おやまあ、うちのご当主は一体どうしたんですか」

智世は困惑しきった顔である。

「それが公園から戻ってくる間、ずっとこの様子で……」

宵江はどこか酩酊《めいてい》したような、夢見心地のような、焦点の定まらない様子でふらふらと歩いては、ごん、と壁にぶつかったりしている。

流里は内緒話でもするように智世に囁《ささや》く。

「智世さん、宵江さんに何か言いました？」

「いえ、酷《ひど》いことなんて何も！　ただ、早く仲の良い夫婦になりたいから、もっとお互いのことを知りたい、もっとお話ししたいと」

「あーはい、もう大丈夫です。わかりました」

そんな、と半泣きの智世をよそに、配膳を手伝っていた十咬も素っ気ない調子で言う。

「宵江様のことは放っておいて大丈夫ですよ。なるべくしてそうなった、という状況なので」

「でも原因が私には何も――」

「さぁお二方、冷めないうちに召し上がれ」

食事を用意してくれた流里にそう促されては、席に着かないわけにはいかない。

智世はおろおろとしながら宵江の隣の席につき、おろおろとしながら宵江の挙動を見守る。

「宵江さん、大丈夫？　一人で食べられる？　どうしよう……流里さん、私が食べさせてあげたほうがいいでしょうか？」

「智世さん、それ以上は宵江さんにとどめを刺してしまいますよ」

「えぇっ⁉」


一騒動あったものの朝食は無事に終わり、宵江が屋敷を案内してくれた。

玄永家の敷地は外から見ても広い。敷地をぐるりと囲む武家屋敷然とした塀は歴史を感じさせる。智世は何度も、玄永家は華族ではないのかと確認したが、そのたびに否定された。華族であればあったで、官僚の娘とはいえ血筋的には一般家庭の出である智世に白羽の矢が立てられた意味がわからないし、華族でなければないで、こんな立派な屋敷に暮らしているからには、実は代々豪商か何かでなければ説明がつかない。しかし豪商ならば、こうも当主の仕事の内容をはぐらかされるのもおかしな話だ。

（まさか、世間様に言えないようなものを売りさばいて巨万の富を……⁉）

だがその悪党の親玉が宵江のような人物とはどうしても思えないし、その悪党の手下どもが茨斗たちのような人物だとも思えない。しかし、

「屋敷の西の奥にある書庫は立ち入り禁止だ」

と宵江に念を押されたのがいささか気になる。書庫に、見られたらまずい帳簿や取引の記録でも隠されているのだろうか。とはいえ書庫の場所も知らないし、わざわざ探そうという気もないのだが。

気になることはまだあった。

広大な玄永家の屋敷には茨斗たち使用人の部屋が、そして敷地内には一族の者たちが暮らす離れがある。離れで暮らす女性たちは流里の下で女中として働いており、交代で屋敷の家政に当たっているらしい。

だが敷地内ですれ違う男性たちは皆、揃いの黒い制服を着ているのだ。ちょうど茨斗が連れていた部下たちと同じ、宵江たちのものよりもやや簡素な制服である。彼らの話し声に耳をそばだてていたわけではないが、彼らの行き先の話題から、屯所、という文言が漏れ聞こえてきたときには、智世はさすがに首を傾げた。屯所とは要は警察官や軍人の詰所だ。一族の男性たちが全員、内務省の同じ部署に勤めていて、玄永の屋敷から屯所とやらに通っている――果たしてそんなことが普通、あり得るのだろうか。

それに――気になるといえば、使用人頭だと名乗った茨斗が、宵江と似たような制服を着ていたことも、部下を引き連れて恐らく屯所とやらに出かけていったこともそうだ。

女中がいるのに智世の世話係が十咬であることも。流里は女中頭だから、奥方の世話係などしている場合ではないのかもしれないが、女中たちの誰かではどうしてだめだったのか、その説明もまだきちんとされてはいない。

案内を受けながら、智世は婚礼の日のことを思い出していた。

智世は宵江の父親にまだ直接会っていない。婚礼の日、あの料亭には来てくれていたものの、衝立《ついたて》を挟んで声だけで挨拶《あいさつ》をすることしかできなかったのだ。まるで御簾《みす》越しに貴人と会うような具合だった。何でも宵江の父親は重篤な病で、新婦とその親族に姿を見せるに忍びないと言っていたのだそうだ。いつかお見舞いに行けるといいのだけれど、と智世は思う。これぱかりは病人本人が嫌と言うなら、こちらの無理を押し通すわけにもいかない。

そして先代の奥方、つまり宵江の母親は、宵江が幼い頃に亡くなっているらしい。両親に守られてこの歳まで育ってきた智世には、家の中に親がいないというのはどこか心細かった。

屋敷の中、智世が居住する範囲は和洋折衷という印象が強かったが、客間や倉庫に至るまでもそれは同様だった。もともとは見た目に違《たが》わぬ純和風の武家屋敷だったのが、そもそもは先代の奥方が舶来趣味で、彼女の影響を受けた先代もまた屋敷に少しずつ手を入れ、今の内装になったらしい。

一通り案内を受けたところで、宵江が黒い制服の部下に呼び止められた。非番であろうが一族の当主である以上、仕事からは逃れられないらしい。智世はさりげなく席を外すことにした。妻とはいえ第三者、聞いてはならないこともあるだろう。智世の去り際、宵江は申し訳なさそうにこちらに視線を向けた。それに微笑み返し、智世は彼らのもとから立ち去る。

宵江はまだ智世に、自分の――玄永一族の仕事のことを話す気はないらしい。だが智世とて箱入りのお嬢さんではないのだ。今置かれた状況や見聞きしたものから、ある程度推測するぐらいはできる。

（でも、今考えたって仕方がないわよね）

智世は縁側から中庭に目をやった。立派な枝振りの松に、小さな石橋の架かった池まで続く飛び石、池の側には石灯籠《いしどうろう》が置かれた、武家屋敷に似合いの見事な庭園だ。

だがその端に、どこか不釣り合いな赤い花が咲いている場所があった。

縁側を進み、その一角に近づいてみる。緑がかった黒の鉄柵《てっさく》に、刺《とげ》のある美しい花が絡みついている。

（これは……薔薇《ばら》？）

まるでこの小さな一角だけ、英吉利《イギリス》式の庭園のようだ。きっと亡くなった先代の奥方が世話していたのだろう。そういえばさっき宵江に屋敷を案内してもらっていたとき、仏間があると言っていたが、場所までは聞けていなかった。宵江の母親にまだ嫁入りの挨拶もきちんとできていないから、後で場所を確認しようと思っていたのだ。

と——薔薇が植わった一角に一番近い縁側から、細い廊下が続いていることに気付いた。まだ案内されていない場所だ。ひょっとして、とその廊下を覗《のぞ》き込む。仏間はこの廊下の先にあるのだろうか。仏間に眠る宵江の母親からよく見える位置に薔薇を植え替えた、ということもあり得ると思ったのだ。もし自分が先代や宵江の立場だったら、きっとそうするだろうから。

智世はそこが、宵江が言っていた『西の奥』に続く廊下だとは気付かないまま歩を進めた。廊下の先に扉があり、おずおずと開くと、果たしてそこにはやはり仏壇があった。遺影はない。が、よく手入れされていて、思った通り薔薇の切り花が——やや萎《しお》れかけてはいるが——飾られている。きっとお義母《かあ》様のご在所であろうと当たりをつけて、線香を上げ、丁寧に手を合わせた。

せっかくの慶事の挨拶の相手が物言わぬ仏壇の中というのは、やはり切ないものがあった。宵江に寄り添ってあげたい、という気持ちがいや増す。

智世は一礼して立ち上がり、部屋を出ようとした。

そのとき——仏間の奥に、もうひとつ扉があることに気付いた。

それがもし襖《ふすま》なら、押し入れだと思っただろう。だが重厚な色味の、洋風建築のような金属製の取っ手のついた、木製の扉なのである。

（もしかして、ここから外に出られるのかしら？）

別段、外に出たいわけでもなく、ただ単にどこに続いている扉なのかを確かめたいだけだった。もし外に出られるなら、中庭のように美しい庭があったら嬉《うれ》しいなと思ったのだ。智世は軽い気持ちで取っ手を回し、扉を開いてみた。

扉の向こうを覗いた瞬間、智世は自分の過ちに――ここが立ち入り禁止の『西の奥』であることに気付いた。

宵江は書庫と言っていたが、どちらかというと女学校時代、研究熱心な教師の教務室がこんなふうだったと智世は思い出した。大半は書物だが、何かの記録であろう紙の山や、きちんと製本されていないものも堆《うずたか》く積み上げられている。

部屋自体はさほど広くない。仏間が六畳ほどで、書庫も同じぐらいの広さに見える。だが紙の山に埋め尽くされていて、比べるべくもないほどに圧迫感があった。

積み上げられた本の間に申し訳程度の隙間があり、そこに小さな文机《ふづくえ》が置かれている。ここで書き物などもできるようになっているようだ。

宵江が立ち入り禁止とわざわざ念を押したということは、ここに智世が見てはならないものがあるということだ。それが仮にあくどい商売の記録であろうと、今ここで盗み見るのは礼儀に悖《もと》る。智世は慌てて扉を閉めようとした。

だが――文机の上に、表紙に『雨月家』と書かれた和綴《わと》じ本が載っているのを見つけてしまった。

(――どうして)

智世は息を呑《の》んだ。

文机の上には、他にも様々な書物やら、何かの帳面やらが載っている。まるで書庫内のあちこちから引っ張り出してきて、最近までここで調べ物をしていた人物がいた形跡であるかのように。

――雨月家譜。

――玄永家譜。

読んではならないと思うのに、智世の目は勝手に帳面の表紙に書かれた文字を追ってしまう。

――魍魎《もうりょう》譜。

（魍魎……物の怪《け》とか、妖怪《ようかい》のこと？）

こんな非現実的な空想本も交じっているのが何だか妙だった。

（魍魎録ってことは、もしかして魑魅《ちみ》譜なんてものもあるのかしら）

視線を少しずらすとすぐに見つかった。

――魑魅譜。

山に川に、日本中あちこちに古来より棲《す》みつくとされている妖《あやかし》たちの記録。当然、作り話だ。元は川の氾濫《はんらん》や日照りなどの、昔の人間にとっては不可解な自然災害が起こったり、正体不明の疫病が蔓延《まんえん》したりした際、偶像のようにその元凶に仕立て上げられたもの。あるいは小さな子どもへの教訓として作り上げられたもの――それが物の怪や妖怪だと、智世は思っている。世間一般の認識だってそうだ。巷《ちまた》ではやれ妖怪だの幽霊だのが原因の事件が雑誌に面白おかしく取り沙汰《ざた》されることもあるが、それを本気で他人に話そうものなら笑われるに違いない。あれは娯楽の一種だ、そんなものが実在するはずがない、と誰もがそう思っている。

——不意に、智世の脳裏に、黄昏時《たそがれ》の見間違いの記憶がよみがえった。

存在しないはずの異形の影。視界の端で蠢《うごめ》く何か。

ごくり、と唾《つば》を呑む。

(……まさかね)

智世はどうしても抗《あらが》えず、手近にあった魑魅譜のほうを手に取った。恐る恐る開いてみる。しかしそこに描かれた絵を見て、智世は小さく悲鳴を上げて、危うく本を放り投げかけた。

(む、虫!?)

すぐに視線を外したからちゃんとは見なかったが、何だか脚がうじゃうじゃ生えた虫の絵が描かれていた。魑魅とは山に棲む妖怪だ。虫の形をしているのは理に適《かな》ってはいる。智世はすぐに本を文机に戻した。ばくばくと音を立てる心臓を宥《なだ》めながら、視線を脇へと外す。

——雨月家譜。

見ないようにしてもどうしても視界に入るし、何より非常に気になる。何せ智世が生まれ育った家名が書かれた書物なのだ。

（……少しくらいなら）

ちくちくとした罪悪感はありつつも、興味が勝ってしまって、智世はその書物を手に取った。ぱらぱらと捲《めく》ってみると、濃い墨の匂いがする。そこには智世も知らなかったような雨月家の家系図や、それぞれの生年月日に没年月日、生前の勤務先まで書かれている。もしかすると父親の情報も書かれているのかも、と気付いて智世は慌ててそれらの頁を飛ばした。父親の勤務先が詳細に書かれているのは見たくはあるけれども、知るならばやはり堂々と知れるほうがいい。こんな盗み見のような形ではなく。

だが頁を飛ばす直前、飛び込んできた文字が引っかかった。

――中務省《なかつかさしょう》。

見慣れない言葉だ。だがどこかで見たような気もする。その言葉が書かれているのは、家系図の随分と初めのほうだ。智世の遠い祖先。

智世は何だか胸がそわそわと落ち着かなくなるのを感じた。雨月家のことが詳しく書かれているのはわかった。ひょっとすると今回の縁組みにあたって、父親が玄永家に寄《よ》越《こ》した書物なのかもしれない。

――玄永家譜。

こんな盗み見はもうやめよう、良くない、と脳内で智世自身が叫んでいる。

（この本にも……雨月家譜と同じように）

考えるより先に、手が本を拾い上げてしまっている。勢いのままに本を開くが、予想に反して家系図の頁よりも先に何かが書かれている。家系図まで頁を飛ばそうとした手が止まった。不穏な文言が目に飛び込んできたのだ。

――娘を、贄《にえ》――

（……え？）

手跡は達筆で、智世からすると読みづらいが、必死に目を凝らす。

必死に読まずにいられたら、知らずにいられたらよかったのに。

――魑魅魍魎《ちみもうりょう》どもの勢力をはつり、斃《たお》すべく、玄永の当主は雨月家の娘を、贄として迎えることを定める――

ばさ、と書物が音を立てて足もとに落ちた。だが智世はそれを気にすることができなかった。

文机の上には、作り物の空想本であるところの魑魅譜も、魍魎譜もある。それと同じように机に載っかっていた書物に、一体どれほどの信憑性《しんぴょうせい》があるものか。死に物狂いで自分にそう言い聞かせる。

だが――頭の中で、あの異形の影どもの記憶が迫ってくる。

（……贄）

嫁に来てくれて本当に嬉しい、と――心から喜んでくれていた、あの日の宵江の顔が浮かんでは消えた。

何か――恐ろしい獣のような姿をした物の怪が、差し出された生け贄を前に残酷な笑みを浮かべているような、そんな幻が頭の中を駆け巡る。

宵江は婚礼の日からずっと、智世に好意を向けてくれていた。初対面だというのに不可解なほどにだ。その部下であり、一族の仲間である茨斗たちも、出会ったその日から智世に対していやに親切だった。

（私が……生け贄だから……？）

手が震える。呼吸が浅く、速くなる。

早く――書庫から立ち去らなくては。

玄永家譜を文机の上に戻し、扉を閉めて、何事もなかった顔をして宵江のもとへ戻らなくては。

――何のために？

（……生け贄になるために？　何の？）

――魑魅魍魎どもの勢力をはつり、斃すため。

（そんなものが……実在するわけ）

黄昏時の――誰そ彼《たかれ》時の、あの異形の黒い影ども。

駄目だ。考えてはいけない。とにかくこの薄暗い部屋の扉を閉めて、陽の光の下に戻らなくては。でないと恐ろしいものが追いかけてくる。誰かが、何かが――

「――そこで何をしている」

不意に背後から声を掛けられて、智世は驚きのあまり腰を抜かしてしまった。

ずるずると座り込み、振り返る。異形の何かがそこにいるのだと覚悟して。

だが——仏間の入り口に立っていたのは、一人の青年だった。

目を瞠《みは》るような美しい銀色の髪をした、宵江よりもいくらか年上に見える青年だ。

そう、宵江にとてもよく似ている。そして同時に、まるで似ていなかった。目鼻立ちの美しさはそっくりなのに、浮かべている表情でこんなにも人の印象が変わるものなのかと驚くほどに。

青年は不愉快そうに顔を顰《しか》めて、智世を見下ろしているのだった。

「そこで何をしていると訊《き》いているんだ。聞こえなかったのか？」

智世は答えることができなかった。入るなと言われた場所に入ってしまったこと、そこで見てはいけなかったのであろう書物を手にしてしまったこと。書庫の扉は開いたままだ。青年の冷たい双眸《そうぼう》は、恐らくすべてを見通してしまっている。

青年は、すん、と鼻を鳴らした。嘲笑《あざわら》うような仕草にも、なぜだか——獣が匂いを辿《たど》るような仕草にも見えた。

「君が弟の嫁御か」

辛うじて智世は頷《うなず》く。今、声を発しないと何も言えない気がして、何かに追い立てられるように口を開いた。

「雨月家から参りました。智世と申します」

青年は——宵江の兄というその青年は、口の端を歪《ゆが》めるようにして笑った。その左右対称でない奇妙さには逆に不思議な魅力があり、目を引きつけられる。恐ろしいとわかっているものをつい見てしまう心境に似ている。

「玄永来光《らいこう》だ。普段は離れに住んでいる」

智世はぐらつく両足を叱咤《しった》して立ち上がり、頭を下げた。

「勝手に入ってしまった非礼をお詫《わ》びいたします。お義母《かあ》様にご挨拶《あいさつ》をしたくて仏間に入ったら、この扉が気になって思わず開いてしまいました」

正直に告げる。来光と名乗ったこの青年の鋭く射貫《いぬ》くような眼差《まなざ》しの前では、どんなごまかしも利かない気がした。

来光は智世の足もとに目をやった。そこにはまだ、玄永家譜が落ちている。

「君、それを読んだのか？」

智世は咄嗟《とっさ》に首を横に振る。

「いいえ――」

――あれはきっと知ってはいけない情報だった。

「――手に取っただけで、中は見ておりません」

智世は震える声でそう答えた。

来光は気付いているだろうか。智世の嘘に。

きっと気付かれている。次に彼は何を言うだろう。宵江によく似た、でもまったく似ていないその鋭利な視線で何を。

「……なるほど。まあいいさ。私は別に弟に告げ口しようなんて考えちゃいない。何せ弟とは一月も顔を合わせていないんだ。私はただ」

一呼吸置いて、告げられた言葉に、智世は頭を強く殴られたような心地がした。

「君が今すぐここから出て行って、その目障りな姿を私の前に見せないでいてくれたら、それでいいんだよ」

その強い言葉に、一瞬呼吸が止まりかけた。

固まりそうになる両足を再び叱咤して、仏間の扉のほうへ向かう。

書物に書かれていたことと、来光の言葉とに両側から挟まれて、頭がひどく混乱している。退室する前、一度振り返って来光に一礼することができたのは、我ながら奇跡と言っていい。息がとても苦しかった。

顔を上げると、来光がその手に花を持っていることに気付いた。中庭に咲いていた薔《ば》薇《ら》の、瑞々《みずみず》しい切り花だ。仏壇に供えられているものと同じ。

立て続けに受けた衝撃のせいで朦朧《もうろう》としていた頭が、急に明瞭《めいりょう》になった。

この仏壇に眠る人は、宵江の母であるのなら、それは同時に来光の母でもあるということだ。

母親の仏壇の花を取り替えに来た青年の姿が、一瞬、宵江ととてもよく似て見えた。

だがすぐにその鋭い双眸に睨《にら》まれ、その姿はまた全く別のものに見えてしまう。

智世は踵《きびす》を返し、逃げるように仏間を後にした。

中庭に面した縁側を駆け戻り、居間に入ると、そこに宵江がいた。仕事の話し合いは終わったのだろうか。長椅子に腰掛け、一人で茶を飲んでいる。智世の姿を認めるや、その無表情な美しい顔を、明らかに嬉《うれ》しそうに輝かせた。

それを見た瞬間——不思議なことに、胸の中に渦巻いていた黒い靄《もや》のようなものの半分が吹き飛んだ。あの書庫で見たものの分だ。智世は宵江に駆け寄る。宵江が立ち上がってくれたので、勢いのままその胸の中に飛び込んだ。

「智世さん？」

まさか智世が抱きつくとは思わなかったのだろう、頭の上から宵江の戸惑ったような声がする。だがその腕は、躊躇《ためら》いがちに、優しく智世を抱きしめ返してくれた。まるで壊れ物を扱うような手つきだ。腕の中の温かさに、智世は安堵《あんど》の息を吐いた。

——贄、という言葉は確かに智世にとって衝撃だった。あの書物に書かれていたことが事実であれ創作であれ、ひどく動揺したことは確かだ。

だが、もし仮にあれが事実なのであろうとも、こんなふうに優しく抱擁してくれる相手のことこそを信じよう。仮に今後、宵江の口から——お前は生け贄になるためにここに連れてこられたのだと告げられるのだとしても。

それに、腕の温《ぬく》もりの中で落ち着いてみれば、贄なんていかにも時代錯誤だ。辻《つじ》斬りにしろ何にしろ、時代錯誤なことが多すぎる。そんなものにいちいち心を乱されて振り回されるのは、何だかばかばかしいようにも思えてくる。

智世は自分がそんなふうに考えられていることが不思議だった。

さっきはあれほど――まるで世界の終わりであるかのように動揺したというのに。

宵江の胸に手を置いて、智世はちらりと彼の顔を見上げてみた。黒曜石の瞳《ひとみ》が、柔らかい眼差しで智世を見下ろしてくれている。こんなふうに優しい目ができる人が、もし智世を害そうなどと考えているのだとしたら、そのときはもう仕方ないという気がした。

何だか諦《あきら》めがつくような、それでいて勇気が湧いてくるような、不思議な気分だ。

(ああ――私、本当に宵江さんのことが好きになってるんだ)

だからこんなにも、宵江の抱擁が智世に力を与えてくれる。

宵江が智世の前髪を梳《す》くように優しく撫《な》でてくれる。その指先がこめかみを伝って頬まで降りてきて、くすぐったさに思わず笑った。

「よかった。笑ってくれて」

宵江の言葉にどきりとした。

「……どうして？」

「少し暗い顔をしている気がしたから、何かあったのかと」

智世は目を瞬《しばたた》かせた。居間に入ってから宵江に抱きつくまで、ほんの数秒だったはずだ。そんな短い間に智世の顔色を正確に見分けられるほど、熱心に見つめてくれていたということだろうか。

照れくささに耐えかねて俯《うつむ》きつつも、智世は思案した。書庫の件はともかく、もう一方の――胸の中に未《いま》だ黒く渦巻いているもうひとつの靄のほうについては、隠さないほうがいいような気がする。

「……お義兄《にい》様に会ったの。中庭の薔薇の植え込みの辺りで。あれ、亡くなられたお義母様のお花よね？　綺麗《きれい》で思わず見とれてたら、来光さんが声を掛けてくれて」

嘘を吐くのは心が痛んだが、それよりも宵江の言いつけを破って書庫に入ったことや、玄永家譜の冒頭を読んでしまったことへの後ろめたさのほうが勝った。

抱きしめ返してくれている宵江の腕が強《こわ》ばった。

「来光に会ったのか」

緊迫した声音だ。両肩を摑《つか》まれ、顔を覗《のぞ》き込まれる。というより、智世の顔や身体のあちこちを検分している。

「宵江さん？」

「何か言われたか？　何もされてないか？」

智世は来光の、こちらを憎んでいるかのように強い拒絶の言葉を思い出した。

――言わないほうがいい。

咄嗟にそう思った。

智世は笑顔を浮かべて見せる。

「何もないわよ。ご挨拶しただけ。あなたにお兄さんがいるなんて知らなかったわ」

その言葉に、宵江はばつが悪そうに視線を逸《そ》らした。

「……折を見て紹介しようとは思っていたんだ」

その声音にも、表情にも、できれば智世を来光から遠ざけておきたかった、という内心がありありと見て取れた。それはどう考えても、会ってしまったら嫌われるのは避けられないと言われているのと同じだった。

智世は宵江の胸板に頰を押しつけた。彼の心臓の鼓動を聞いて、無理に気持ちを落ち着ける。

――宵江と仲の良い夫婦になりたい。それは畢竟《ひっきょう》、宵江と良き家族になりたいということだ。

その家族の中にはもちろん茨斗たち使用人も、――宵江の家族も含まれている。それなのに。

泣きたいわけではないのに、涙が勝手に滲《にじ》んできた。それを宵江に知られたくなくて、何度も瞬《まばた》きをした。でも、彼には気付かれているだろう。頭を撫でてくれる手つきが、あまりに優しすぎる。

なぜ来光は初めて会った智世のことをあんなにも、憎むような目で見てきたのだろう。なぜあんなにも、自分は来光に嫌われてしまっていたのだろう。智世が書庫に勝手に入ってしまったからだろうか。それだけであんなにも憎まれてしまうものだろうか。

鋭い視線で刺すように睨んできた来光が、宵江とよく似た顔立ちであったことが、余計に智世の傷を抉《えぐ》った。

「……で？　朝あんな幸せ満開って感じだったのに、なんで今こんなお通夜みたいになってんですか？」

その夜、茨斗が帰宅したのはすっかり暗くなってからだった。智世たちはちょうど夕食を終えたばかりの時間だ。使用人たちは使用人用の食堂で食事を取っているらしく、当主とその家族のためのこの広い食堂には智世と宵江の二人きりだった。

来光との一件以降、なんだか一日中ぎくしゃくしてしまった。せっかく宵江は非番だったというのに、落ち込んでいる妻の傍にずっといさせることになってしまい、輪を掛けて申し訳なかった。

流里が食後の珈琲《コーヒー》を淹《い》れながら肩を竦《すく》める。

「来光さんとばったり会ってしまったんですって」

「……あぁ～……」

茨斗は笑顔を貼り付けたまま、乾いた声を上げた。

「それはなんていうか……すんごい災難でしたね」

災難、という茨斗の言葉に智世は思わず顔を上げる。仮にも来光は雇い主側ではないのだろうか。

しかし流里も眉《まゆ》を顰《ひそ》めて呻《うめ》く。

「智世さんがお一人のときにうっかり来光さんと鉢合わせしないか様子を見ていたつもりでしたけど、迂闊《うかつ》でした。あの人、普段は基本的に離れからあんまり出てきませんのにねぇ」

智世は目を瞬かせた。言葉は違うが、宵江が言っていたことと内容は同じだ。もし智世が来光と出会ってしまったら、確実に嫌われることが彼らにもわかっていたということになる。

「あの、来光さんってどんな方なの？　その——普通なら、家督を継ぐのはご長男のはずよね」

少し突っ込んだ質問だとは思ったが、何しろ自分は他ならぬその家督を継いだ次男の嫁なのだから、事情を知る権利はあるはずだ。宵江が当主だと聞いた時点で、智世は何の疑いもなく宵江が長男だと思っていたのだから。

すると智世のために角砂糖とミルクを用意していた十吱が宵江のほうを窺《うかが》うような素振りをした。流里も、茨斗さえも同じように気遣わしげに宵江を見ている。

宵江は小さく首を横に振り、智世に向き直った。

「その説明は追々必ずする。今はまだ待ってほしい」

考えたくないのに、智世の脳裏に、書庫のあの重厚な木の扉と、古い書物特有の墨と埃《ほこり》の匂いがよみがえった。

「……私がよそ者だから？」

それとも。

宵江はそんな智世の内心など知る由もなく、懸命な表情で智世を見つめてくる。

「智世さん」

「……ごめんなさい。余計なことを言いました」

「智世さん、聞いてくれ。それは断じて違う。よそ者だから何も話せないわけじゃない。あなたは雨月家から来た人間だ。だからこそ――」

言いかけて――宵江は言葉を止めた。

智世は瞠目《どうもく》した。

「……私が雨月家の人間だから、何？」

雨月家譜。そして玄永家譜。

雨月家の娘は、玄永家の当主が魑魅魍魎《ちみもうりょう》を制圧するための贄《にえ》として差し出されると書かれていた。普通なら一笑に付すような与太話のはずだ。

雨月家は何の変哲もない一般家庭である。官僚の父と、お嬢様育ちの母と、職業婦人を気取っていた今どきの一人娘がいる、ただちょっと裕福なだけの普通の家。

（――本当に？）

父親は妻にも娘にも自分の仕事をはっきりと説明したことがない。

――父は本当に、内務省警保局勤務の官僚なのだろうか？

何の変哲もない、職業婦人を気取っていた今どきの一人娘は、子どもの頃から異形の影をたびたび見てしまうというのに？

「それが……一体何の関係があるの？」

震える声で問う。宵江は答えない。智世はひどい焦燥感に駆られた。

――贄だから。

（だから……私には話せないの？　何も？　私が……自分が生け贄だって気付いてしまうと都合が悪いから……？）

考えたくもない可能性が頭に浮かび、取りついて離れない。

「……お願い。教えて。あなたは私に一体何を――」

――言いかけたときだった。

どたどたどたどた、と大きな足音が食堂に迫ってきた。

あまりに場の空気にそぐわない物音だったので、智世は一瞬呆《ほう》けてしまう。すると直後に、今度は叫び声が響き渡った。

「茨斗ぉぉ！　戻っているかぁぁ！」

げ、と茨斗が身体を強ばらせる。

重苦しい空気の中に突き進むように入ってきたのは、今日一日姿を見かけなかった紘夜だった。昨日よりもさらに疲れた顔で、書生のような袴姿《はかますがた》に眼鏡を掛けている。

「うわー、紘夜さんもしかしてまた寝てないんですか？」

重たかった空気をさらに打ち消す好機とばかりに茨斗が明るい声で言うと、紘夜は地団駄を踏まんばかりの勢いで反論した。

「おーまーえーが！　逐一寄越《よこ》せとあれほど言っておいた報告書を何件分もまとめて寄越すからだろうが！　特に武器の類《たぐ》いは壊れたらすぐに報告しろと何度も――」

「だって武器壊したって言ったら紘夜さん怒るじゃないですか」

「当たり前だろう!?　どこの世界に備品を壊されて喜ぶ馬鹿がいる！　それも狙ったように高価なものから！」

「あ。そういえば今日壊した武器の報告がまだなんでそっち先にやっちゃっていいですか？」

「茨斗ぉぉ！　お前はせめて反省したふりぐらいしろ！」

はぁ、と十咬が半眼でため息をつく。そしてお盆に智世の分の珈琲や茶菓子を載せた。

「智世様、ここはうるさいので居間に移動しましょう」

智世は宵江のほうをちらりと見た。茨斗の、壊した武器に関する報告というのはとても気になる――きっと宵江の仕事に深く関係することだろうから――が、さっき智世が問おうとしたことも、恐らく宵江はまだ智世に話す気がない。せっかく仕切り直す空気を茨斗と紘夜が作ってくれたのだから、今夜はそれに乗らせてもらうことにする。智世にも頭を冷やす時間が必要だ。生け贄だ何だという話に、心を容易に揺さぶられてしまわない程度には。

宵江は少し申し訳なさそうな顔で智世を見返してきた。相変わらず、無表情なのに感情が手に取るようにわかる人だ。そこが好ましく思う部分なのだけれど。

そう思って、智世はふと気付いた。

(……来光さんはあんなに表情が豊かだったのに、何を考えているのか全然わからなかった)

十咬に促されるまま、智世は居間に移動する。

「十咬くんは食堂に残らなくてよかったの？」

珈琲のカップを手に取りながら問うと、十咬は、いいんです、と呟《つぶや》いて智世の傍に腰を下ろした。

「僕には智世様のお側に仕えるお役目があるので」

「私、一人でも大丈夫よ。珈琲をいただきながら気分転換に本でも読むから」

だから食堂に戻って、と続けようとしたが、十咬に遮られた。

「いいんです。……僕にはまだ、その資格はありませんので」

「え？」

「婚礼の日にあの制服を着させていただけたのも、当主の晴れの日だから兄弟分が付添人に選ばれたというだけで」

「制服って、皆さんが着てる黒い軍服みたいなあれよね？」

口にしてから、智世はふと気付く。あの黒い制服を、てっきり内務省の一部の警察官が着る制服だとばかり思っていたが、だとするとまだ十代半ばの十咬が婚礼の日に着用していたのは妙だ。普通は少年用の礼装か、制服だとしても学校の制服なのではないだろうか。

　智世の問いに、十咬ははっとした顔をした。

「……いえ。申し訳ありません。なんでもありません」

　──まだ智世には話せないことが多いのだ。宵江も、そして使用人たちも。

　追々必ず説明をする、と言ってくれた宵江の言葉を、今は信じるしかない。余計なことは頭から追い払って。

「……わかったわ。困らせてごめんね」

　俯《うつむ》いてしまった十咬に微笑みかける。すると十咬はぱっと顔を上げた。そして何かを堪《こら》えるような顔でまた俯く。

「これだけは言えます、智世様」

「なぁに？」

　なるたけ穏やかに聞こえるように問いかける。まるで弟にそうするように。

　十咬は膝《ひざ》の上で拳《こぶし》を握り締めた。

　そして──智世にとっては思いもよらないような、今、一番聞きたい言葉をくれた。

「どんなに言えないことがあっても──宵江様や僕らが智世様を大切に思っていることは確かです。それだけは、どうか信じてください」

——智世と十咬が出て行った後の食堂内には、やや緊迫した空気が漂っていた。

テーブルの上には茨斗が広げた大きな地図が載っている。この帝都の地図だ。いくつかの場所に赤と黒で印がつけられている。

流里がそれを眺めながら、どこか気怠《けだる》げにぼやいた。

「まったく、誰も彼もが家にまで仕事を持ち帰ってくるものだから、まるで第二の屯所ですよ」

「仕方ないだろう。お前や俺は屋敷の仕事と兼任で、屯所に常時詰めることができないんだから」

紘夜が窘《たしな》めると、茨斗が頬を膨らませた。

「ちょっとちょっと。一応、俺だって屋敷の中じゃ使用人頭って名目なんですけど」

「そういうことは使用人らしいことをちょっとでもしてから言ってくださいね」

流里の言葉に、茨斗は肩を竦《すく》めた。流里の言い分は尤《もっと》もである。茨斗はこの屋敷内では自他共に認める、宵江の補佐役、謂《い》わば当主助勤のような立場だ。広義ではそれも使用人頭のようなものだと言えなくもないが、屋敷内で主に家政を担う使用人たちをまとめるようなことはついぞしたことがなかった。

それで、と宵江が茨斗を促す。茨斗は頷《うなず》き、赤鉛筆を手に取った。

「今回もハズレでした。雑魚《ざこ》がちょーっと剣術上達しましたって感じ」

言いながら、赤で新たな印をつける。隅田《すみだ》川の向こう、月島《つきしま》のちょうど中央辺りだ。

「被害者は」

宵江の問いに茨斗は肩を竦める。

「うっかり現場に居合わせた不運な書生さん。これ情報まとめた資料です」

「やはり被害者には何の共通点もなしか……」

まさにその書生のような恰好《かっこう》の紘夜が、顎《あご》に手をあてて呻《うめ》く。

それを受けて流里が嘆息した。

「そりゃあ奴らに共通点のある人間を襲う知恵なんてありゃしないでしょう」

「だが事件が起き始めた頃よりも剣術が明らかに上達しているという事実を見逃すことはできんぞ」

「そうは言いますけどね紘夜、あちらとて一枚岩じゃない。てんでんばらばらに動くという意味では右に出るものはありませんよ」

「本当に親玉なんているんですか？」

茨斗がため息交じりに零《こぼ》すと、宵江は頷いた。

「これまでにも奴らによる被害はたびたび出ていた。だが奴らが道具を使っているのは今回の一連の事件が初めてだ。これは明らかに俺たちへの挑戦状だろう。知恵のある者が上に立って奴らを動かしているのだと」

「奴らが意思表示してるとでも言うんですか」

流里の半信半疑の言葉にも、宵江は頷く。

「奴らなのか、奴なのかはわからないがな」

にしても、と茨斗がテーブルに突っ伏した。

「なーんで武器なんか使っちゃうかなぁ。今までみたいに身一つで勝負してくれてたら、動物の仕業なりそれこそ妖《あやかし》の仕業なりいろいろごまかしが利いて俺たちも動きやすかったのに。下手に刀なんて使ってくれちゃうもんだから、辻《つじ》斬り事件だなんて大騒ぎになっちゃって」

「仕方ないだろう。被害者が刀傷を負ったのなら、犯人は刀を持った人間だと思ってしまうのは当然のことだ」

紘夜は頭を掻《か》いて、テーブルの上に広げていた資料をまとめながら続ける。

「それでだ茨斗、今日お前が壊した武器についてだが」

「あ、いよいよそれ聞いちゃいます？」

「いいから早急に報告しろ」

「今日は珍しい小型の石弓を使ったんですよ。ほらほら、この引き金を引くと矢が飛んでくんですけど、なんとこの鏃《やじり》に唐辛子の粉末を仕込めるんです。まぁ奴らに唐辛子が効いたのかどうかはよくわかんないんですけど。そんで最終的には石弓で殴りつけたんで壊れたんですけど。はいこれ、石弓の請求書と修理依頼書」

「茨斗ぉぉ!!」

「なんで怒るんですか!?　ちゃんと当日に書類出したのにー！」

「そういう問題じゃない！　無駄遣いをするなと言っているのにまったくお前ときたら――」

「それで茨斗、犯人が逃げ込んだ場所は？」

流里が問うと、こら流里邪魔をするな、と喚《わめ》いている紘夜を無視して、茨斗は今度は黒い鉛筆を手に取る。

「一応泳がせてみたんですけど、あんま意味なかったですね。逃げ込んだ先にも親玉らしき奴はいなかったし」

言いながら、茨斗は黒い鉛筆で地図に印を書き込んだ。月島の、今度は船着《ふなつき》場に近い辺りだ。この辺りは船舶がよく停まっているから、隠れ場所には事欠かないだろう。

赤の印は辻斬り事件が起きた場所だった。

そして玄《くろ》は。

茨斗は何でもない調子で続けた。

「この辺で殺しました」

「一匹も取り逃がさなかっただろうな？」

紘夜の鋭い視線に、茨斗は眉根《まゆね》を寄せる。

「俺がそんなヘマするわけないじゃないですか。帝都の平和は俺たちが守らないとね」

でも、と流里が小さくため息を吐いた。

「やはり事件が起きてからでないと対処できないのは痛いですね。大まかな方向がわかっていても、そこを警邏《けいら》していてたまたま犯人に行き当たる幸運なんてそうはありませんし」

「だからこその――奥方様だ」

紘夜が呟《つぶや》き、宵江のほうを見やった。

宵江はじっと地図を、否、どこでもない紙面を睨《にら》んでいる。

茨斗は椅子の背に凭《もた》れ、頭の後ろで両手を組んだ。

「俺、智世さんに全部教えてあげたほうがいいと思うな。だってあの人、お母さんが被害に遭って、それで結婚を決意したんだろ？　きっと喜んで力を貸してくれると思うけどな」

宵江は首を横に振る。

「その通りだ。彼女に一切を説明したら、迷うことなく力を貸すと言ってくれると思う。――だから駄目なんだ。そんな、搾取するようなこと」

反論したのは流里である。

「ですが雨月のご当主様――智世さんのお父上も、それを承知で縁談を進めたんでしょう？」

「それもあるだろうが、一番はこの状況下で娘の身を案じてのことだ。俺たちの、俺の傍にいれば安全だと判断したからだ」

言って、確かに、と宵江は呻く。

「確かに――彼女の中には、力の片鱗《へんりん》があるのかもしれない、とは仰《おつしや》っていたが」

「片鱗じゃ困ります。玄永の当主の妻に、雨月の娘がなったんです。その力を玄永家のためにに使ってもらわなくては。僕らだって奴ら相手にいつまでも勝ち続けられるわけじゃない。知能を手にした親玉がいるというならなおさらです」

「流里」

言い募る流里を、紘夜が首を横に振って止める。

宵江は彼らの顔を見て、口を開いた。

「彼女には必ず説明する。そのときにはきっと力になってもらえるだろう。だがもう少しだけ、俺の覚悟が定まるまで待ってくれ。優柔不断な長《おさ》で、お前たちには苦労をかけてすまないが、その――」

続く言葉を待つ使用人たちが、一体何を言うのかと緊張にごくりと唾《つば》を呑む。

宵江は大真面目な顔で続けた。

「――初恋がやっと実ったんだ。その相手を、俺は大事にしたい」

「……ですよね。宵江さんはそういう人でした」

茨斗は笑って、軽く肩を竦めた。流里も笑う。

「そういう理由なら仕方ありません。大将のために僕らが今しばらくがんばるとしましょう」

「ああ。他の理由なら大将とはいえしばき回したかもしれんが、奥方様への愛ゆえであるならもう何も言うまい」

紘夜も頷く。茨斗が悪戯《いたずら》っぽく声を潜めた。

「確かに今智世さんに事情を説明しようもんなら、この結婚は身体目当てだったのかーって思われちゃいますしね」

茨斗、と宵江が窘《たしな》めるが、流里も声を潜める。

「ええ。ただでさえ兄上のことで落ち込んでおいでなのだから、しばらくは波風立てないようにしてやりませんとね」

「何、来光様とさっそく一悶着《ひともんちゃく》あったのか？　まったくあのお方は……」

紘夜が頭を抱える。頭を抱えたいのは宵江も同じだったが、これも追々向き合っていくしかない問題だ。来光の意向に反して、現状もう雨月家から嫁が来てしまっているのだから。

何にしても、と茨斗が宵江に告げた。

「俺たちはあんたの味方ですからね」

「ええ、もちろんです」

流里も、そして紘夜も頷いた。

「我ら玄永一族――内務省警保局 預《あずかり》 公安機動隊『玄狼党《げんろうとう》』は、あなたについて参ります」

――ありがとう、と宵江は呟いた。

＊　＊　＊

「貞光」

彼を拾った女はそう呼んで、彼を手招いた。

拾われて二年か三年経った。知能がようやく年相応の人間のように育ち始めていた頃だ。それ以前の彼は赤子か幼子か、あるいは——獣のように短絡的にものを考えることしかできなかった。

ただ、彼はいくら成長しようとも、話すことはできなかった。

女は手作りの食事を日に三度彼に食べさせた。がつがつと食べる彼を見ては、そのたびに嬉《うれ》しそうに微笑んだ。

「おいしい？　あたしのかわいい貞光」

わからない。味などしない。丁寧に火を通された野菜や穀物など、食べるものとも思えない。血の滴るような生の肉でなければ。

けれども彼は頷《うなず》いた。そうすればこの女がとても喜ぶと学んでいたからだ。

味のしない食糧でも、食わねば死んでしまう。彼には彼を庇護《ひご》し、食糧を与えてくれるものの存在がまだ必要だった。彼はまだ弱い。いかに他の——彼に似たものたちに比べて知能が育っていようとも、力のほうが育っていないのではこの先生きていけない。

実の両親は、だから彼を捨てたのだ。力が弱かったから。知能が育ちつつある兆しがあって、異質だったから。彼を愛せなかったから。

そうして四年が経ち、五年が経った。

味のしない食事を、彼はすっかり好むようになっていた。

女の作った料理を食べ、おいしいのだと頷けば、女は幸せそうにする。既に彼は自力で食糧を得られる年齢に達していたけれども、女のもとを離れなかった。

無条件に愛し孤独を埋めてくれる存在を手放すには、彼は女のもとに居すぎていたのである。

第三章　糸繰り

初《しょ》っ端《ぱな》からごたごた続きだった新婚生活の三日目の朝も、また大騒動だった。

「茨斗ぉぉ！」

例によって紘夜が大声で呼ばわりながら、使用人用の食堂に駆け込んでくる。

新聞を読みながら優雅に茶など飲んでいた茨斗は、ぱちくりと目を瞬《しばた》かせた。

「どうしたんですか紘夜さん。今日も仕事がみっちり詰まってるのに朝っぱらから俺の悪戯が判明したみたいな顔して」

「まったくその通りのことが起きてるから怒ってるんだ馬鹿者！」

使用人の中で一番いい大学を出ているから、という理由で、書面での渉外から無駄遣いの後始末まで玄永家の煩雑な事務仕事を任されている紘夜は、気の毒なことに毎日毎夜部屋に籠《こも》って机に向かっている。とはいえ本人もそういった仕事を最も得意としており、仕事自体は苦ではないらしいが。

茨斗はぱちぱちと数回瞬《まばた》きをした。

「何があったか知りませんけど、俺じゃないですよ」

「信じられるか！　宵江様が朝からあんなに不機嫌な理由なんてお前しかおらんだろうが！」

「えー、ひどいなぁ。完全に濡《ぬ》れ衣《ぎぬ》だと思うんですけど」

もしかしてあれがバレたかな、いやあっちか？　とぶつぶつ思案している茨斗に、通りかかった流里が言う。

「智世さんが昨夜《ゆうべ》年下の男に寝かしつけられて、今朝は別の年下の男と同衾《どうきん》していたらしいですよ」

「……。ああびっくりした十咬と綱丸か！　お前のその手には乗らんぞ流里！」

紘夜が噛《か》みつくと、はいはい、と流里はうるさそうにした。

「冗談に乗ってくれない男は嫌いです」

「綱丸はともかく十咬が智世さんの寝かしつけ？　なんでまた」

茨斗が首を傾げる。すると流里が薄笑いを浮かべる。

「昨夜は智世さんの気晴らしに付き合って遅くまで本を読んでいて、先に寝入ってしまった智世さんの世話をあれやこれや焼いたんですってよ」

「意味深な言い方をするな！　静かに布団を掛けて差し上げて灯《あか》りを消したとかそういうことだろうがどうせ！　まったくお前という奴は――」

「おや、僕の言葉を意味深だと思う紘夜のほうがどうかと思いますけどね」

不毛な言い合いをする二人に、茨斗はさらに疑問符を浮かべる。

「そんで起こしに行った綱丸を智世さんが抱っこして二度寝、ってとこまでは理解できたんですけど、それでなんで宵江さんが不機嫌なんですか？」

「簡単ですよ」

流里はどこ吹く風だ。

「大方、智世さんの寝かしつけは自分がやりたかったとか、そんなところでしょうよ」

「……だいぶ重症ですねー」

茨斗は乾いた笑いを浮かべる。紘夜はくしゃりと髪を掻き毟《むし》った。

「まったく困ったものだ。宵江様は本日から任務に復帰されるというのに、あんなに殺気を撒《ま》き散らしては屯所にいる部下たちが縮み上がってしまうぞ」

「あはは、まぁ大丈夫でしょ。智世さんが宵江さんのほっぺに行ってらっしゃいの接吻《せっぷん》のひとつもしてくれれば機嫌なんてすぐ」

「茨斗!!」

実際、接吻とまではいかないが、智世はめいっぱいの笑顔で宵江を送り出した。

夜遅くまで十咬が傍にいて話し相手になってくれたお陰もあって、気持ちを切り替えられたということもある。

少し心に余裕が出たからだろうか、今さらになって、自分から宵江に抱きついてしまったことが恥ずかしくなってきた。まだ結婚して日が浅いというのに、はしたなく思われやしなかっただろうか。とはいえあのとき宵江は、智世が来光のことでひどく落ち込んでいると気付いてくれていたようだから、心が弱っていたことに免じて、ものの数に含めないでいてくれるといいのだけれど。

そんなことを思い返していたからか、その夜、仕事を終えて帰宅した宵江の姿に智世は見惚《みと》れてしまった。朝に比べてやや疲れたような表情や、わずかに乱れた髪や襟もとがいつもより男らしく見えて、何だか見てはいけないものを見てしまった気がして頬が熱くなる。

寝室はその後もずっと別だった。宵江は毎日、朝早くに仕事に出ていく。夕方に帰宅することもあれば、夜遅くまで帰ってこないこともあった。他の者は屯所に寝泊まりすることもあるようだったが、宵江はどんなに遅くなろうとも必ず家に帰ってきてくれた。

玄永家での生活に慣れてきた頃、使用人たちがたびたびあの軍服のような黒い制服を着て外出することに、智世は疑問を覚え始めた。そもそも嫁いできたばかりの頃、使用人頭だという茨斗が部下を引き連れて制服姿で出かけたことがまず不自然だったのだ。使用人頭といえば屋敷の家政を取り仕切る長のはずである。その長が毎日のように制服を着て――軍刀を腰に帯びて出て行く。

時には流里が、そして紘夜が同じように出かけていくこともあった。流里は着物姿のままではあるものの、決まって制服姿の部下を何人か連れていた。それは紘夜も同様だった。

やはり玄永家の使用人たちは使用人でありながら内務省に勤めていて、宵江の仕事においての部下でもあるのだ。そしてまだ少年の十咬はその中に入っていない。制服を着て武器を帯びて、部下を何人も引き連れて——そして妻にすらその職務内容を話せないなんて。もはや裏方の警保局などではなく、前線に出て国防か何かに関わっているとしか思えなかった。

使用人たちやその部下たちは、時に怪我をして帰ってくることがあった。深刻な怪我だったことこそないが、そのたびに智世は、やはり彼らは何か危険な任務に就いているのだ、と気を揉《も》んだ。

「私のこと、もっと頼ってくれてもいいと思うのよね」

智世は絹さやの筋を取りながらぼやいた。

宵江が連日仕事に出て、そろそろ一月が経とうという頃だ。この頃には智世も家事を手伝わせてもらえるようになっていた。というより、家で優雅に過ごすことがすこぶる苦手な智世が、女中たちに何か自分にも仕事をもらえないかと頼み込んだのだ。女中たちは顔を真っ青にして恐縮していたが、仕事をしていないと死んでしまいそう、と智世が零《こぼ》したらようやく首を縦に振ってくれたのである。女中たちがというよりも、女中頭の流里が、だが。

その流里は今日も出かけている。茨斗もだ。なんだか使用人たちが出かけることが、この一週間ほどで特に増えた気がする。また例の屯所とやらに行ったのだろうか。屯所から、果たして彼らはどこに行って、何をしているのだろうか。

家事を手伝わせてもらうようになってからすっかり顔なじみになった女中の一人が、智世の言葉に首を傾げた。彼女と二人、厨房《ちゅうぼう》で大量の野菜の下ごしらえをしている最中である。

「旦那《だんな》様のことでございますか」

「宵江さんもだし、茨斗さんや他のみんなもそう。相変わらず私には何も話してくれないんだもの」

そのことは、別にいいのだ。智世とて、家族とはいえ部外者に話せないことなどこの世に山とあることぐらい承知している。電話交換手であった頃には、智世ですらそういったことはあったのだから。

問題はそこではないのである。

「話せないことを話してくれとは言わないわ。でも、私だってみんなの役に立ちたいのよ。みんなが朝から晩まで一生懸命働いて、時には怪我までして帰ってくるのに、私は家で日がな一日ゆっくり過ごすだけだなんて」

「こうして私どもを手伝ってくださっているではありませんか」

「あなたたちの仕事を奪ってしまってるだけだわ。そんなの手伝ってるって言えないでしょ」

わかってるの、ごめんなさい、と智世は嘆息する。女中はとんでもないと首を横に振る。

「奥様が手伝ってくださるお陰で、私どもは今まで手が回らなかった仕事にまで手をつけることができているんですよ」

それに、と女中は里芋の皮を剝《む》いていた手を止めた。

「奥様がお輿入《こしい》れなさってから、旦那様はすっかり体調がよくなられて。奥様がそこにいてくださるだけで十分だという証拠でございます」

「……え？」

智世は絹さやから女中の顔へ視線を移す。

「宵江さん、どこか悪かったの？」

宵江からそんな話は聞いたことがない。使用人たちからも、父からもだ。

女中は、はっとして口もとを押さえた。明らかに、不用意に口を滑らせてしまったという表情だった。

「も、申し訳ありません。私からはこれ以上は」

「……大丈夫。無理に聞き出したりしないから」

女中は安堵《あんど》した顔をした。

彼女に限らず、流里がとりまとめている女中たちは、皆離れで暮らしている。黒い制服の彼らとは別棟だそうだ。離れに住まう彼ら彼女らは玄永家の配下ではあるけれども、側近ではない。軍隊で言うならば一兵卒の立場だ。

その彼ら彼女らですら——智世には未《いま》だ隠されている何かを知っている。最初に感じたのは寂しさと疎外感だった。

でも今は、隠された何かが明かされる日が来るのを少し恐ろしくも感じる。

極力考えないようにはしているものの、やはり贄《にえ》という言葉がもたらした印象は強烈で、ことあるごとに脳裏をかすめていくのだ。そんな不安も、宵江の顔を見れば吹き飛びはするのだが。

「……奥様。私ごときが申し上げるまでもないことかもしれませんが」

女中は真摯《しんし》な眼差《まなざ》しで智世を見つめた。

「旦那様は本当に、心から奥様を愛しておいでですよ」

「あい……⁉」

ぼっ、と智世の頰が熱くなる。

宵江からは口に出しては、そういった言葉を聞いたことがない。

だが口には出さずとも、宵江は智世の前では何もかもだだ漏れなのだ。

よくできた人形のように美しい顔立ちで、宝石のような瞳《ひとみ》を持つ、妻の前でも無表情で言葉数も少ない、やや冷たく恐ろしくも見える夫。恐らく世間一般の目から見た評価はそんなところだと思う。実際、近所を散歩していると、噂好きの者たちからそういう言葉を悪気なく浴びせられたこともある。

だが智世の目からは、初めて出会ったあの婚礼の日からずっと、宵江に対する印象はまるで変わらない。

智世がここにいてくれて嬉《うれ》しいと、全身で喜びを示してくれる。

来光との邂逅《かいこう》の後の、あの抱擁以降は、彼から智世に触れてきたことは一度もないが
――それでも智世を見つめる瞳からも、語りかけてくる声からも、智世のことが愛《いと》しくて堪《たま》らないのだという気持ちが溢《あふ》れているのだ。

それが勘違いや思い上がりだなんて思いようもないほど明確にだ。

とはいえ第三者からはっきりと言葉にされると非常に照れくさかった。

「旦那様は今も十分、奥様を頼っておいでだと思います。行動ではなく、心の拠《よ》り所という意味で、そのように思われているのだと思います」

女中は穏やかに微笑んだ。

「きっと時が来れば、行動においても奥様を頼られることでしょう。だから今は、旦那様の心休まる場所でいて差し上げてください」

夕方、てきぱきと智世の部屋を掃除していた十咬が、ふと座卓の上の新聞紙に目を留めた。

「智世様は新聞を毎日読まれるんですね」

掃除を手伝おうとしたら十咬に涙目で見られてしまって、やむなく長椅子に優雅に腰掛け続けることになってしまっている智世は頷《うなず》いた。

「勤めていた頃からの習慣なの」

と言ってもここでは屋敷の皆が読み終わった朝刊を昼過ぎにもらってきて、午後のお茶を飲みながら読むという具合である。

「この国の一員として、世の中で起こっていることは知っておきたいから」

紙面には、辻斬《つじ》りまたもや、の見出しが躍っている。ここのところ連日だ。母親が被害に遭って以降、とても他人事《ひとごと》とは思えなくてつい辻斬り関連の記事を日々追ってしまっている。

紙面には、辻斬り犯たちの刀の腕はどんどん上がっているとあった。下手な人間が扱えば、刀はただの鉄の塊、鈍器だという。打ち所が悪ければ最悪の事態もあるかもしれないが、少なくとも一連の事件ではそういった話も聞かない。

しかし剣術に秀でた者が、明確な殺意を持って刀を振るえばどうなるか。

「……辻斬り事件が気になりますか」

十咬が問うてくる。彼も気にはなるのだろう。犯人は事件のたびに捕まっているそうだが、こうも連日では、いつこの屋敷の者が被害に遭わないとも限らない。それこそ綱丸の散歩中に、ということもあり得るのだ。

智世は曖昧《あいまい》に微笑んだ。気に病んでも解決しないことを気にし続けてしまうのはひどく疲れるものだ。

「十咬くん、ちょっと訊《き》いてもいい?」

「……？　なんでしょう」

「宵江さんは、おかえりなさいと自分から抱きついてくるような女は嫌かしら。はしたないって思うと思う？」

一度自分から抱きついておいて今さら何を、と智世自身思わないわけではないが、前回は平常とは違う状況がその行動を許す口実となってくれたのだ。しかし二度目となると勇気がいるし、それらしい口実になるようなことがそうぽんぽんと湧き出てくるわけもない。

――そう。さらには宵江からは一度も触れてこないときている。

結婚してもう一月以上が経つというのに、接吻《せっぷん》もしていないのだ。

と――ごとん、と何か物を落とした音がした。

明らかに動揺しながら、十咬が落とした書物を拾い上げる。

「な、なんでそんなことを……⁉」

「明日《あした》は非番だって聞いたのよ。宵江さん、ここ最近休みなく働いていたから、その」

心安まる場所でいてほしい、と言った女中の声がよみがえる。

来光との邂逅で心を乱されていたとき、智世を落ち着かせてくれたのは宵江の抱擁だった。もし女中の言葉通り、宵江が智世の存在に安らぎを感じてくれているのであれば、その抱擁はさらに効果があるのではないだろうか。

もごもごと説明すると、十咬は一つ嘆息した。

「僕にはわかりませんけど、その……智世様がしたいと思うことをなさるのでいいと思います。奥様なんですから、そういう部分では遠慮なさる必要はないのでは」

「……なるほど。確かにそうよね！」

智世は大いに納得した。十咬も、的外れな助言ではなかった、という安堵の表情を浮かべている。

だが智世は失念していた。十咬がまだ十代半ばの、ほんの少年であることを。

智世が夕食をとうに終え、入浴も済ませた後、ようやく宵江は帰宅した。

ちなみに宵江が夕食までに戻れないときには、十咬が智世の食事に付き合ってくれている。智世自身が一人きりで食事をするのは味気ないと思っているからでもあり、まだ十代半ばの十咬が使用人部屋で一人急いで食事を済ませて智世の世話に戻ろうとするのが、何だか不憫《ふびん》に感じられたからでもあった。十咬は、普段は中学校に通っているが成績があまりにも優秀なため、智世の輿入《こしい》れに時期を合わせて長期休暇を取ることができたのだと教えてくれた。だから自分が智世の世話をすることに対して何も気にしなくていいのだと。それを聞いて、智世の申し訳なさが逆に倍増したのは言うまでもない。

ともあれ智世は寝間着の浴衣《ゆかた》に肩掛けを掛け、まだ少し濡《ぬ》れている髪を襟もとで緩くまとめた姿で宵江を出迎えた。

「おかえりなさい、宵江さん」

宵江は外套《がいとう》を脱ぎ、傍にいた部下に渡した。部下は外套を抱えたまま一礼して屋敷を出て行く。離れに戻って手入れでもするのだろうか。

朝に比べてやはり少し乱れている宵江の姿に、智世はどぎまぎした。抱きつこうとしていた勇気が急激に萎《しぼ》んでいく。

「あ……あの、茨斗さんや流里さんは一緒じゃないのね。てっきり一緒に帰ってくるのかと」

ごまかすように極力明るくそう言うと、宵江は、ああ、と頷いた。

「現場でちょっと手間取ってしまって、その後処理をしてくれている」

「何か問題でもあったの？」

「いや、問題ってほどのものじゃない。俺一人でも処理できたんだが、あいつらに追い返されてしまった。さっさと家に帰れと言われて」

え、と智世が首を傾げると、宵江は視線を智世から外した。

「その……俺が相当、早く家に帰りたいという顔をしていたらしい」

黒曜石の瞳が再び智世を捉《とら》える。

心臓が跳ねた。

この一週間、あまり寝ていないのかもしれない。少し窶《やつ》れたようにも見える顔に、彼は柔和なものを浮かべた。心底慈しむかのように。

「……あなたの顔を早く見たかった」

――勇気なんていらないのだ。愛しいと思う人を抱きしめることに。

智世は宵江の胸に飛び込んで、なるたけ包み込んであげられるように、彼を抱きしめた。長身の彼には、ただ抱きつくような恰好《かっこう》になってしまったけれど。

「――智世さん？」

頭上から声が降ってくる。硬い声だ。けれど嫌がられていないことはわかる。

ぱさ、と足もとで音がした。抱きついた拍子に肩掛けが落ちたのだとようやく思い至る。

宵江はどこでどんな任務に就いていたのだろう。彼の制服からは土埃《つちぼこり》の匂いがした。

「い、癒《い》やしになればと思って――」

言い訳のように告げた声が上擦《うわず》る。ぎゅう、と腕に力を込めて、さらに身体を密着させてみる。

「あったかいと心が落ち着くでしょう？」

言葉とは裏腹に、智世の心は落ち着きと逆方向に暴走するばかりだ。

固く厚い生地の制服に阻まれてはいても、その向こうの宵江の身体を感じる気がする。来光の一件のときはそんなものを意識する気持ちの余裕はなかった。だが今は。

（……ちょっと待って）

智世は気付く。

（私が宵江さんの感触を感じてるってことは、宵江さんも）

耳が熱くなる。智世は今、一日の中で最も薄着の状態だ。肩掛けも落ちてしまっている。

だが気付いたところで今さら離れるに離れられない。

宵江の硬い声がまた頭の上から降ってくる。

「朝から外での任務に当たっていたんだ。あなたまで汚れてしまう。せっかく風呂《ふろ》に入ったんだろう？」

――そんなこと。

いいの、と智世は呟《つぶや》く。

「あなたになら、汚されたって」

頭上から、息を吐く音が聞こえた。呆《あき》れたようなため息ではない。もっと何か――聞いたことのない類《たぐ》いの。

埃っぽい制服に包まれた宵江の両腕が、智世の背中に回る。腰から肩甲骨にかけてを撫《な》でられて、智世は身体が痺《しび》れるのを感じた。経験したことのない感覚だ。

「し……」

名前を呼ぼうとして、途中で息が漏れてしまう。指先で首筋を撫でられている。身体が強《こわ》ばるのに力が抜けていくような、怖いのに安心するような、相反する不思議な感覚が智世を翻弄《ほんろう》する。宵江の身体にしがみついていないと膝《ひざ》が抜けてしまいそうな。

体温とともに息が上がっていく。このままでは呼吸が止まってしまう。

「待っ……、待って、宵江さ――」

──ばん、と玄関の扉が外から勢いよく開いた。

制服に外套、制帽姿の茨斗が目をまん丸にしてこちらを見ていた。

「やっべ。邪魔しちゃいました？」

いや、と宵江が智世の身体を優しく引き離した。

「……助かった」

呻《うめ》くように呟き、こちらに背を向けた宵江の耳が赤い。

智世はへなへなと床に座り込んでしまった。

「えー、ちょっとちょっと。玄関先でやめてくださいよ。明日から俺、帰ってくるたびに扉ちょっとだけ開けて中の様子確認しないといけないじゃないですか」

言いながら智世に手を差し出してくれる。智世はありがたくその手を取って立ち上がる。

「おかえりなさい、茨斗さん。早かったのね」

さっき宵江が、茨斗に後処理を任せたと言っていたのだが。

すると茨斗は困ったように笑った。

「ちょっと長引きそうなんで、武器を取り替えに戻ってきただけですよ。またすぐ出ます」

「え、これから？」

「日付が変わる頃には戻れると思うんですけどね」

茨斗はそう言って、腰に帯びた軍刀を鞘《さや》ごと外した。

「十咬ー」

茨斗が呼ぶと、使用人部屋のほうから十咬がすぐに飛び出してきた。手には茨斗が今しがた外した軍刀とよく似たものを持っている。

「どうぞ。研ぎ師から戻ってきたばかりです」

「助かる。そんで悪いけどこれまた研ぎに出しといて。ちょっと派手にやっちゃった」

茨斗は十咬から新しい軍刀を受け取り、自分が帯びていたほうを十咬に渡した。十咬は軍刀をちらりと鞘から抜いて嘆息する。

「またこんなにして……。紘夜さんに叱られますよ」

「仕方ないだろ。あいつらの外殻かてーんだもん。あーあ、銃とか大砲とか使えたらいいのに」

「この軍刀が通らない敵に銃や大砲が効くわけないじゃないですか」

「わかってるっつーの！　言ってみただけだよ」

んじゃ、と茨斗はこちらに背を向け、軍刀をまた腰に差しながら出て行った。

智世と十咬はそれを見送る。

「こんな遅くに出ていくなんて。辻《つじ》斬り事件もあるのに危険だわ」

「夜間警邏《けいら》も仕事のうちですから」

十咬はそう言って、それより、と宵江に何かを差し出した。

「宵江様にお手紙が届いていますよ。花井《はない》様からです」

「俺宛《あて》なら部屋に置いておいてくれればよかったのに」

「お部屋に置いておくといつまでも開封なさらないので」

宵江は嘆息した。そして手紙を受け取る前に、智世の肩掛けを拾い、掛け直してくれる。その手つきは優しく、ついさっきまでの、あのどこか危うい雰囲気はもうどこにもない。

宵江は封書を開くと、ちらりと智世のほうを見た。

「舞踏会の招待状だ。花井伯爵から、ぜひ夫婦でと」

「伯爵!?」

驚いて声を上げてしまう。

「ど、どうして華族様からご招待が!?」

と言いつつも、玄永邸だってどこぞの華族の屋敷のような敷地面積と佇《たたず》まいである。伯爵邸から舞踏会の招待状が届くのも納得のような気もしていた。ただしそれは当主の宵江宛にならばの話である。

「わ、私が伯爵邸で、ぶ、舞踏会だなんて」

社交ダンス自体は女学校でも習ったし、舞踊好きの母に子どもの頃から教わってもいた。だがそれを自分がどこかで披露する機会が訪れるなんて思ってもみなかった。

「花井伯爵には結婚の報《しら》せを送ったんだ。先代の頃からの付き合いだからな。夫婦揃って顔を見せろということだと思う」

「では、出席のお返事をしても大丈夫ですね？」

十咬が問うと、宵江は頷《うなず》いた。それを確認するや、十咬はすぐに使用人部屋のほうに駆け戻ってしまう。何となく宵江はそういう場を好まない人のように思い込んでいたから、智世はさらに焦った。

「待って。わ、私が一緒に行ったら、宵江さんに恥をかかせてしまうかも」

「……？　なぜだ」

「だって私、舞踏会なんて一度も出たことないもの。お作法もわからないのよ。それに女学校を出てから随分経ってるし、踊れる自信なんてない」

宵江は、なんだそんなことか、という顔をした。本当に、無表情なのにわかりやすい人である。

「女性の同伴者がいてくれれば、それだけで一人前だと思ってもらえるんだ。夫婦ならなおさらだ。あなたが一緒に行ってくれるだけで俺はとても助かる。それでも嫌か」

「うっ……、でも」

「それに花井伯爵は細かい作法がどうこう言うような御仁じゃない。そんな奴が相手なら俺がとうに断っている。俺自身、華族でもないのにそんな窮屈な場は御免だからな。第一、三週間前に招待状が届くような舞踏会が大がかりなもののはずがない。あなたはあなたのままでいいんだ」

そうまで言われては、智世はもう断るための言葉を持たない。恐らくは本当に、先方はただ夫婦の顔見せの場として気軽に誘ってくれたということなのだろう。

「……あなたがそう言うなら」

ご一緒します、と言いかけて、はたと動きを止める。

「――待って。着ていくものがない！」

思わず叫んで、すぐに気付く。

「いえ違う！　あるわ！　あなたが用意してくれた箪笥《たんす》にたくさん！」

実は輿入《こしい》れ以来、宵江が用意してくれた衣類にはまだ触っていない。宵江が仕事でしばらく家にいなかったからだ。実家から持ってきた着物でずっと回していたからすっかり失念していた。あの箪笥には、それこそ伯爵邸にお呼ばれのときぐらいしか着る機会のなさそうな上等な着物も、時代の最先端を行くようなワンピースもある。

しかし宵江は首を横に振る。

「舞踏会用のドレスはあの中にはない。新調しないとな」

「でもドレスなんて高価なものを……」

「妻がわざわざ同伴してくれるんだ。夫がドレスを用意するのは当然のことだろう」

うぐ、と智世は反論の言葉を呑《の》み込む。宵江の物言いは有無を言わせないものがある。

「明日《あした》、百貨店に行こう」

宵江は言った。お誂《あつら》え向きにも明日は非番だ。だが。

「ここのところずっとお仕事で疲れてるでしょう？　明日は家でゆっくりしたほうが」

「いいんだ。多分、明日ぐらいしか一緒に出かける時間が取れない。またしばらく仕事が忙しくなると思う。三週間後の舞踏会までには、今抱えている仕事を片付けてしまわないとな」

その言葉に、智世は自分でも驚くほど——寂しい、と感じた。

明日を過ぎたら、もしかすると三週間、またろくに触れ合えない日々が続くのだ。

さっき抱きしめてくれた宵江の腕の、胸の温《ぬく》もりがよみがえる。指先の感触を思い出し、首筋のあたりがぞくりとした。

「……わかったわ。じゃあ明日、一緒に出かけたい」

智世は微笑んでみせる。ここで寂しいという顔をしても、きっと宵江は喜ばない。

「私が着るドレスを、あなたが選んでね」

宵江は表情を緩め、頷いた。


——宵江が仕事の汚れを落としに浴室に向かった後も、智世はなんだか落ち着かなくてしばらく居間にいた。

（……もしかしてあれ、接吻《せっぷん》の合図だったのかしら？）

そんな埒《らち》もない考えが頭に浮かんでは消え、そのたびに両手で頰を押さえて足をばたつかせる。

長椅子に座ったり立ったりを繰り返し、そうしているうちに少し暑くなったので肩掛けを椅子の背に掛けた。気を落ち着かせるため、紅茶でも淹《い》れようと厨房《ちゅうぼう》に向かう。十咬に何度、頼んでくれれば自分が淹れると言われても、何かと忙しそうな彼の手を止めてまで自分の世話をさせようとは、智世にはどうしても思えない。特に今は、さっき茨斗から受け取った軍刀や、宵江の舞踏会の返事の処理をしていることだろう。

流里はまだ戻っていない。女中たちは既に離れに下がっている。だから当然、厨房は無人だと思って扉を開いた。

そこに――来光がいた。

ひゅっ、と智世の喉《のど》が鳴る。姿を見た途端に身体が強《こわ》ばってしまうほど、来光に対して苦手意識を持ってしまっている自分に気付いた。

来光は、その美しい顔を、相変わらず皮肉げな表情で歪《ゆが》めていた。

「――おや。まさかこんな時間にここで君と会うなんてね」

心臓が嫌な音を立てる。智世はすぐにも踵《きびす》を返して逃げそうになる足を何とか叱咤《しった》する。

「……紅茶を頂きに来ただけです。用が済めばすぐに出て行きます」

「そうか。ちょうどいい、私も離れの厨房に常備していた紅茶が切れたから拝借しに来たんだ。私の分も淹れてくれないかな」

一体どういうつもりなのだろう。一月前、あれほどこちらを詰《なじ》っておいて。あれほど嫌っておいて。

今もその、嫌悪を隠しもしない鋭い目つきは変わらない。

まだ、機会は残されているということだろうか。この、宵江とそっくりなのに似ても似つかない義兄と、家族として歩み寄る機会がまだ。

智世はおずおずと紅茶の支度を始める。おいしい淹れ方は実家にいた頃、特に紅茶に詳しかったお手伝いさんからも、そしてカフェーで女給として働いている女学校時代からの友人からも教わったことがある。家でも何度も自分でやってみたから、手順は間違ってはいないはずだ。

来光は鋭く、智世の一挙一動を見定めるかのようにじっと見つめてくる。それはまるで弱い獲物を狙う肉食獣の眼光のようで、智世の手は勝手に震えてしまう。これ以上嫌われてしまったらもう二度と挽回《ばんかい》する機会は訪れないかもしれない、という恐怖もあった。

茶葉の芳しい香りが厨房いっぱいに広がる。それなのに、その香りは少しも智世の心を慰めはしない。

紅茶を淹れたカップを、智世は来光に差し出した。ソーサーを持つ手が震えなかったのも、来光の目から視線を逸《そ》らさずにいられたのも、全身の胆力を総動員したからだ。

来光は紅茶を一口飲んだ。こちらから視線を外し、黙って口もとを隠していると、ただ美しい無害な人のように錯覚してしまう。

だが——来光はまた口もとを歪めて笑った。

「ああ——不味《まず》い」

来光はカップを持った腕を智世のほうに向けて伸ばした。そしてそのまま、カップを傾ける。熱い紅茶がまだなみなみと入ったままのそれを。

「反吐《へど》が出るほど不味いね。どぶの水のほうがまだましだ」

熱い琥珀《こはくいろ》色の液体が、智世の浴衣《ゆかた》の胸もとに掛けられた。

強い痛みに、思わず息が詰まった。だが怯《ひる》むわけにはいかない、と——どういうわけか、智世はそう思って、来光の目を必死に見返し続けた。

薄い浴衣の生地に熱い液体が染みて、その下の襦袢《じゅばん》まで濡《ぬ》れていく。透けているそこを来光の手に不意に摑《つか》まれ、力任せに引き寄せられた。智世は踏鞴《たたら》を踏んで来光のほうに倒れ込んでしまう。

見上げた来光の瞳《ひとみ》は、ぞっとするほど冷たかった。

「わかってはいたが——人間ごときじゃこの程度か。やっぱりお前はただの異物だよ」

来光は智世の浴衣の胸もとを摑んでいた腕を軽く一振りした。智世は吹き飛ばされるようにして床に転がされてしまう。

「こんなものを大事そうにするなんて、やはり弟は頭がどうかしている。それに追従《ついしょう》する使用人どももだ。不愉快極まりない」

言いながら、来光は厨房から出て行きざまに、肩越しに智世を振り返った。

「仲間でないものは一族の中には要らない。何もできない人間ごときならなおさらだ」

――あれほど熱かった胸もとの紅茶が、今はもうすっかり冷え切っている。

閉ざされた扉をぼんやりと見つめたまま、智世は重く深く、息を吐いた。

女学校時代に学んだことがある。

それは、嫌われている相手には、好かれようと行動すればするほど嫌われてしまう、ということだ。

女学校時代であれば、それならそれでもよかった。嫌われている相手に無理に好かれずとも、その後の人生にはあまり影響がなかったからだ。相手も自分もどこぞのご令嬢で、卒業後も家ぐるみで政治的な付き合いをしなければならないならばいざ知らず、智世のようなちょっと裕福なだけの一般家庭の娘であれば、そんな心配も無用だった。

だが、それが愛する夫の実の兄だったら。

昨夜の、来光との二度目の遭遇は、確かに怖くはあった。けれどそもそも嫌われているという前提で、来光の人となりも何となく知っている状態ではあったため、初めて会った時ほどの衝撃は受けずに済んだ。熱い紅茶をかけられようとも、初対面で強い言葉で詰られたことに比べたら、どうということもなかったのだ。軽い火傷《やけど》などすぐに治る。

それよりも、夫の兄に依然嫌われているという状態のほうが、智世は悲しかった。

しかし女学校時代に学んだ通り、嫌われている相手に好かれるのはほとんど不可能なのだ。いくらこちらに害意がなくとも、それどころか、いくらこちらが相手のことを好いていてもだ。人の心など、他人には変えられないのだから。

(――不思議だわ。なんだか何も怖くない気がする)

自分はこんなに立ち直りが早いたちだっただろうか。

一月前、茨斗たちが、そして誰よりも宵江が、来光ではなく智世の味方である姿勢を見せてくれたからだろうか。

「――智世さん？」

声を掛けられて、智世ははっとした。

銀座通りを目当ての百貨店に向かって並んで歩きながら、昨夜の物思いに耽《ふけ》ってしまっていたらしい。顔を上げると、宵江がどこか心配そうにこちらを見下ろしている。

「どうした？　何か考え事か？」

智世は慌てて首を横に振った。

「ううん、何でもない。どんなドレスがいいかしらって考えてただけよ」

宵江はほっとした顔をした。

智世が少し物思いに耽っていただけで、宵江はこんなにも気に掛けてくれる。

(……こんなに優しい人のお兄さんが、来光さんのような人だなんて)

それに、もっと気になっていることがあった。実のところ智世が昨夜の一件からすぐに立ち直ることができたのは、それどころではなかったから、という部分も大きい。

──人間ごときじゃこの程度か。

昨夜、来光は智世に向かってそう言ったのだ。

まるで──来光自身が、人間ではないものであるかのような口ぶりで。

銀座の中心にある交差点、そこに建つ大きな百貨店に二人は連れ立って入った。婦人用の洋裁店に向かう途中、売り場に舶来品の人形が展示されているのを見つけた。少々不恰好《ぶかっこう》にも見える、大きな兵隊人形だ。上等なスーツを着た店員が、物珍しげに集まってくる客に向けて、人形の口の中にくるみを入れて割って見せている。

もし──来光が人間ではないのだとしたら。

黒い制服を着た美しい人形たちが暮らす屋敷に、ただ一人、人間である自分が迷い込んでしまっているのだとしたら。

来光があんな物言いをしたのは、きっとものの喩《たと》えだろうとは思う。

だが──嫁を詰るために大げさな言い方をしただけだと断じるには、玄永家の人々はあまりにも美しすぎるのだ。本当に、まるで──

（──人間じゃないみたいに）

智世は隣を歩く宵江をこっそり見上げる。うっとりするほど美しい横顔だ。ここに来るまでの道中にも、そして今も、すれ違う女性たちが宵江を振り返ってまで見つめている。

──ずっと考えないようにしていた、あの書庫の中で見たもののことも、こうなると嫌でも思い出してしまう。

魑魅魍魎《ちみもうりょう》どもを制圧するための贄《にえ》である自分。美しい人形たちの中に生け贄として放り込まれた、ただ一人、人間である自分。

宵江が智世の視線に気付いた。黒曜石の瞳と目が合う。

「どうした？」

智世は咄嗟《とっさ》に、自分の埒《らち》もない思考を打ち切るために口を開いた。

「いいえ、ただ──宵江さんは美しいなと思って」

その言葉に、宵江ははっきりと顔を赤くした。無表情であっても、こんなに明らかに感情表現をするのは、人形には絶対に無理だ。

「……そういう言葉はあなたに掛けられるべきだ」

遠回しに、美しい、と言ってくれているのだと気付いて、智世も赤くなった。

恋というのは現金なものだ。こうなってくると、もはや相手が人形でも何でも構わない、という気にさえなってしまう。智世にとっては初めてともいえる恋だから余計にだった。

そうしているうちに目指す洋裁店に到着する。舞踏会や夜会に着ていけるようなドレスを、流行を取り入れつつも顧客の身体に合わせて品良く仕立ててくれるので、婦人たちの間でも人気の店だ。しかし人気ゆえに注文が詰まっていて、三週間後の舞踏会に間に合うように新たに仕立てるのは無理だった。そのため既製品のドレスを智世に合わせて直してもらうことにする。

好きなものを選べと言われても、智世には伯爵邸の舞踏会に相応《ふさわ》しいドレスなどわからない。宵江はきっと黒で統一した姿で出席するだろうから、同伴する智世は華やかな色味のものがいいだろうとは思うのだが。

「そういえば私、宵江さんの好きな色、まだ聞けてなかったわよね」

たくさんのドレスを前にしてあれやこれや悩みながら、智世が問う。

すると宵江は何ということもないというふうに答えた。

「ドレスの色のことを言っているのなら、俺はあなたが着るなら何色でも好きだ」

率直な言葉に、おやまあ、と傍《はた》で聞いていた店員が頬を染めて口に手を当てる。

智世にはなぜ宵江がさっきの美しい云々《うんぬん》には顔を赤らめたのに、今は平然としているのかがまったくわからない。こちらは店員とは比べものにならないほど頬が熱くなっているというのに。

「……私、まだまだあなたのことを知り足りないみたいだわ、宵江さん」

智世は言いながら、適当に目に付いたドレスを手に取った。とにかく試着してみて、それを見て判断してもらうしかない。玄永家の奥方として列席するに相応しいかどうか。せっかくその道に詳しい店員もいてくれるのだし、頼らせてもらうことにする。

智世はドレスを持って試着室に入った。女性の店員が介添えを申し出てくれたが、とりあえず一人で着てみることにする。昨夜の来光との一件があったためだろうか、智世はとにかく何でもいいから自力でやりたい気分だった。ドレスを一人で着るという、そんな小さなことであってもだ。

着てきたものを脱いで、ドレスに袖《そで》を通す。ふんわりとした提灯《ちょうちん》袖の、爽《さわ》やかな若菜色のドレスだ。あまり背伸びしすぎず、大人っぽくなりすぎず、かと言って未熟すぎるようにも見えないようにしたいと思っていた。無作為にぱっと手に取った一着だが、思いのほか希望に適《かな》っている。

だが。

(……ちょっと胸もとが開きすぎかしら)

と言っても、上品な開き具合だ。鎖骨をとても綺麗《きれい》に見せてくれる。加えて、肘《ひじ》の上まである長手袋をはめれば、露出が多いようには見えないだろう。とはいえ普段和装の智世にとっては、慣れないものだから気恥ずかしい。

それに、昨夜来光に紅茶をかけられたところがまだ赤い。鎖骨の下、胸の膨らみのやや上辺りだ。つまりドレスの胸もとからしっかり見えてしまっている。三週間後の舞踏会までにはさすがに治っているとは思うが。

「奥様、ドレスの着心地はいかがですか?」

試着室の外から不意に声を掛けられて智世は飛び上がった。

「よろしければ出ていらして、旦那《だんな》様にお見せになっては」

「い――いいえ、あの」

それは無理だ。宵江には昨夜の件は一切話していない。十咬にも、うっかり紅茶を零《こぼ》して浴衣《ゆかた》を汚してしまったと言い張ったのだ。胸の火傷《やけど》を見られるわけにはいかない。

「ち、ちょっと胸もとが開きすぎかなと思うので、他のがいいかしら～って……」

「おや、色も形も奥様によくお似合いだと思ったのですが。そうだ、旦那様。試着室に入られてご覧になってはいかがでしょう」

え、と宵江が戸惑っている声がする。婦人の着替えの場所に入るなんて、とその声がありありと物語っている。確かに試着室は広く、付き添いの者が座るための椅子も置いてある。夫婦ほどの近しい間柄ならば余計に気にする必要はないのだろうと思うが、それは世間一般の――恐らくは接吻《せっぷん》やら何やらも済ませているであろう――夫婦であればの話だ。

しかし店員も押しが強い。もしかするとこのドレスが既製品の中では一際高価で、どうしてもこれを売りたいのかもしれない。仕切りの外であぁだこうだと押し問答した後、宵江は渋々といったていで試着室の中に入ってきた。

黒曜石の瞳《ひとみ》が、智世を一目見るなり煌《きら》めいた。

「――きれいだ」

その言葉に、胸が高鳴った。

――このドレスを選んでよかった、とその一瞬で思った。

「とても――似合っている」

「……ありがとう」

さりげなく胸もとを手で隠しながら、智世はほんの少し後退《あとずさ》った。

宵江はすぐに異変に気付いた。

「どうした？」

「ど、どうって？」

「手で隠して」

どうやら宵江には隠し事はできないらしい。

智世は諦《あきら》めて宵江を見上げる――ふりをした。こうなったらごまかしきるしかない。

「……だから言ったでしょ。胸もとが開きすぎてるの」

「見せてもらわないとわからないだろう」

「恥ずかしいから嫌」

それとも、と智世は精一杯の演技で宵江を睨《にら》み、口を尖《とが》らせてみせる。

「そんなに見たい？」

当然、そんなわけはないと否定してくれるのを期待しての演技である。こんな恥ずかしい振る舞いは、できればしたくはなかった。だが宵江に諦めてもらうためだ、仕方がない。

――しかし。

「見たいに決まってるだろう、そんなの」

当たり前のように言われた。

ぼんっ、と智世は耳まで赤くなる。

「な、な、ななな っ……！」

「なんだ。昨夜の件でもう俺の胸の内は知られていると思っていたんだが」

脳裏に昨夜の抱擁がよみがえる。

あの、腰や首筋を撫《な》でる手つき。

智世は思わずさらに後退って、壁に背中をぶつけてしまった。

「で、でも、あな、あなたってそういうところ淡泊な人なんだとばっかり……！」

動揺で口がうまく回らない。宵江は小さく嘆息した。

「もしかして、それが寝室が別な理由だと思ってたのか？」

「だ、だってそれしか理由なんて――」

「あなたを怖がらせたくないだけだ。それに傷つけたくない」

その配慮は生娘の智世には正直本当に心からありがたい。だがそれは、怖がらせたくない、に限ってのほうだ。

夫婦で寝室をともにすることが、なぜ傷つけることになるのか、智世にはわからない。

宵江が歩み寄ってくる。試着室にしては広いといってもほんの小部屋だ。すぐに智世の至近距離にまで達した。

背中は壁だ。逃げ場はない。

宵江の両手が、胸もとを隠す智世の両手を取った。優しい手つきだが、有無を言わせぬ力強さがあった。

——店員さんが空気を読まずに乱入してくれないかしら、と思った。

だが銀座のど真ん中、大百貨店の仕事のできる店員は、読まなくてもいい空気をきっちり読んでいるらしく、外から何も言ってはこない。それどころか、試着室のすぐ外で待機という名の聞き耳を立てることすらしていないのかもしれない。あとは若いお二人でごゆっくりとばかりに。

宵江の手の力に抗《あらが》えず、智世はされるがままに自分の手を開いた。

赤みを帯びた胸もとが露《あら》わになる。

「……火傷か？」

やはり宵江はすぐに気付いて眉《まゆ》を顰《ひそ》めた。

智世はばつが悪そうに視線を逸《そ》らす。

「昨日、寝る前に紅茶を零してしまったの」

「本当にそれだけか？」

宵江の美しい顔がぐっと近づいてくる。

「昨夜、裏口で来光に会った」

ぎくりと肩が震えた。きっと宵江にも震えは伝わってしまっただろう。

「——来光に何か言われたんじゃないのか」

それとも、と智世の手首を摑《つか》む宵江の手に力がこもる。

「その火傷、まさか来光が――」

「――まさか！　そんなわけないじゃない」

智世は明るく笑ってみせる。

実の兄が妻に火傷を負わせたなんて、そんなことを知られてしまったら。

（――そうか。今わかった）

智世が以前よりも強くなれた理由。

（私自身が来光さんに何をされるよりも、何を言われるよりも――宵江さんがそれを知って傷つくほうが、私は何倍も嫌なんだ）

だから――智世は護《まも》りたいのだ。宵江が傷つくことから、宵江を。

智世は宵江の黒曜石の瞳を覗《のぞ》き込む。

「本当よ。うとうとしながら紅茶なんて淹《い》れたものだから、手が滑っちゃったの。それにもう全然痛くもないんだから」

だから大丈夫、と力強く頷《うなず》いてみせる。

「……本当に、もう痛くないんだな？」

「ええ」

宵江は小さく息を吐いた。

「俺は、あなたが痛い思いをしたり、辛《つら》い思いをしたりするのが、一番辛い」

まるで自分が痛いのを堪《こら》えるような顔で、宵江はそう言った。

――なぜ、と思う。

なぜこの人は、こんなにも智世を愛してくれるのだろう。

婚礼の日から。否、婚礼のずっと前から。

お見合い結婚の話を父親から持ちかけられたときには、もう宵江は智世を好いてくれていたそうだ。そうしてもらえるだけの理由なんてなかったのに。

黒曜石の瞳が煌めいた。

――あれ、と智世は目を瞬《しばたた》かせた。

(私……どこかで)

見たことがある――気がする。

だがその記憶の糸をたぐり寄せるより前に、宵江は目を伏せてしまった。

そればかりか、彼の顔が智世のほうに降りてくる。それが何を意味するのかわからずに見守っていると、彼は、智世の火傷の痕《あと》に――口づけをした。

ひりひりと、火傷の痕が疼《うず》いた。

智世はただ立ち尽くす。

宵江は智世の手首を摑んでいた手を離し、智世を抱きしめた。

「……このドレスにしよう。きっと花井伯爵もお褒めになるだろう」

こんな――こんな熱い口づけをくれる人が、人形であろうはずがない。

智世は甘やかな痛みに、しばし身を委《ゆだ》ねた。

若菜色のドレスは智世の寸法に合わせて手直しをしてもらった後、舞踏会の前に屋敷に届けてもらうことになった。

百貨店からの帰り道、路面電車の停留場に向かって歩く。二人の距離は行きのそれよりもほんのわずかに近づいている。

と――視界の端に、異形の影が見えた、気がした。

思わず立ち止まる。ここのところ屋敷の敷地内からほとんど出ることもなかったから気が緩んでいた。

――いたのだ。今、異形の何かが、智世の近くに。

父親に打ち明けて以降、そして書庫での一件以降、智世は自分のこの見間違いを、見間違いとはどうしても思えなくなっていた。かといって影が見えたほうに改めて視線を向けても、何か変わったものが見えるわけでもない。当たり前の、何の変哲もない人々がそこを行き来しているだけなのだ。

智世は急に心細くなって、宵江の袖《そで》を摑もうとした。

だが――宵江がいない。

「……宵江さん？」

今の一瞬ではぐれたのか。辺りを見回しても、その姿がない。

智世は後ろを振り返ってみようとした。その瞬間、ぴん、と髪を引っ張られた。

「いたっ」

思わず立ち止まる。

髪を押さえながら振り返ると、すれ違った紳士の胸もとの釦《ボタン》に、智世の長い髪が引っかかってしまっている。

「ああ——申し訳ない。僕の服に御髪《おぐし》が」

若く、誠実そうな青年だった。宵江と同い年ぐらいだろうか。品の良い洋服に姿勢も正しく、どこかの若い華族かと思わせる佇《たたず》まいだ。

「ちょっとお待ちください。今、僕の釦の糸を切りますから」

言いながら、青年は鞄《かばん》から小さな糸切りばさみを取り出した。智世は慌てる。

「いえ、私の髪のほうを切ってください」

「でも、こんな綺麗《きれい》な御髪を切るなんて」

「いいんです。髪なんてまたすぐ伸びますから」

青年が逡巡《しゅんじゅん》しているので、智世は青年の手から糸切りばさみを取り上げて、迷わず自分の髪を切った。ようやく頭皮が突っ張られる小さな痛みから解放され、安堵《あんど》の息をつく。

青年は智世から糸切りばさみを受け取りながら、申し訳なさそうに頭を掻《か》いた。

「ご婦人に御髪を切らせるなんて、お詫《わ》びのしようも——あっ」

よほど動揺したのか、青年は手を滑らせて糸切りばさみを取り落としかけた。

智世は思わず反射的に手を伸ばして、糸切りばさみを掴んでしまう。先端の尖《とが》った部分が智世の指先を小さく傷つけた。

「いたた……」

「ああっ、す、すみません。本当に申し訳ありません」

青年は何度も丁寧に頭を下げる。

「いえいえ、私がうっかりしていただけですから」

青年は血の付いた糸切りばさみを鞄にしまうと、清潔そうなハンカチを取り出した。それで智世の指の傷口を縛ってくれる。大した傷でもないのに、大袈裟《おおげさ》に介抱してもらってしまって、却《かえ》って申し訳ない。

「あの、ハンカチ、洗ってお返ししますね」

智世が申し出ると、青年はとんでもない、と首を横に振った。

「もちろん差し上げます。この上洗ってお返し頂いてしまっては、本当にお詫びのしようもありません」

では、と青年は頭を下げて去っていった。最後まで感じのいい、爽《さわ》やかな人だったなと思う。

だがさすがに、怪我ともいえないほど小さな傷だというのに、これでは大怪我に見えてしまう。青年が縛ってくれたハンカチを外してみると、やはり思った通り、もう血も止まっているし、傷口さえほとんど見えない。

（せっかく手当てしてくれたのにごめんなさい。宵江さんが心配しちゃうから）

智世はハンカチをたたんで懐に仕舞う。

と、向こうから宵江が走ってこちらに向かってきた。

「――智世さん！」

「宵江さん」

どこにいたの、と軽く微笑んで駆け寄ろうとしたが、智世は思わず足を止めてしまう。

宵江がものすごい剣幕であることに気付いたのだ。

「――今までどこにいた」

「どこって、私ずっとここに――」

「何もなかったか⁉」

肩を摑《つか》まれてまで問い詰められて、智世はただ頷くしかない。宵江に報告しなければならないようなことは何一つなかったのは確かなのだから。

宵江は周囲を剣呑《けんのん》に見回した。

「……臭いが消えていない。まだ近くにいるのか」

「何が？」

「いや、何でもない。あなたが無事ならそれでいいんだ」

宵江は智世の肩を抱いたまま、屋敷に帰り着くまで手を離さなかった。その間ずっと、常に周囲を警戒しているふうだった。

こんなにも宵江と密着していられる嬉《うれ》しさよりも、だから不安のほうが勝った。


その不安が的中するかのような出来事がその夜、起こった。

流里が大怪我をして帰還したのだ。

本人の意識はあり、心配して真っ先に駆け寄った紘夜に対しても、「大したことないですよ。それよりあなたの声がうるさくてかないません」と憎まれ口を叩《たた》くほどだった。だが身体のあちこちから血を流していて、左腕をだらりと垂らしていたのだ。足も引きずっているようだった。同じく満身創痍《まんしんそうい》の部下たちに支えられ、辛《つら》そうに顔を歪《ゆが》めて帰ってきたのである。

「油断しました。まさか敵があそこまで強くなっていたなんて」

「だから隊服を着て行けとあれほど言ったんだ、馬鹿者が！　戦場に女物の着物で出かける奴があるか！」

玄関の長椅子にすぐに流里を寝かせ、紘夜が大声で喚《わめ》きながら手当てを始める。あえて大きな声を出して会話をし、流里の意識を保ったままにしようとしているようだった。宵江や十咬もばたばたと手当てに加わる。茨斗は流里を連れ帰ってきた部下たちの手当てを手伝うために急いで離れのほうへ走っていった。俄《にわか》に屋敷内が騒然とする。

智世も宵江たちに続こうとして、思わず立ち止まった。紘夜が、流里の着物をはだけさせようとしていたのだ。

「ちょっと……！」

いくら手当てのためとはいえこんな男性ばかりの場所で、という気持ちと、一刻一秒を争うかもしれないときにそんなことを気にしている場合ではない、という気持ちがその一瞬でせめぎ合って、咄嗟《とっさ》に紘夜に呼びかけることしかできなかった。

その間にも紘夜の手は流里の着物を脱がせていく。何より流里自身が身を捩《よじ》ってそれに協力していて、あっという間にその裸の上半身が露《あら》わになってしまった。

――均整の取れた筋肉のついた、男性の上半身が。

「……え」

ぽかん、と思わず立ち尽くす智世に、十咬がてきぱきと指示をする。

「智世様、お湯をできるだけたくさん沸かしてください！」

有無を言わせぬその声音に、智世は弾《はじ》かれたように厨房《ちゅうぼう》へと駆け出す。言われるままに湯を沸かしたり、清潔な布を用意したりと走り回っている間、智世の頭の中にはこれまでの紘夜の、流里に対する言動がぐるぐると巡っていた。――確かに紘夜は最初から、流里を野郎呼ばわりしていた。それに流里の着物を、わざわざ『女物の着物』と称していたのだ。

なぜ普段は女性の姿を、と思いはするものの、それこそ今はそれどころではない。今は、いつかそのことを本人に――失礼でなければだが――訊《き》いてみる機会が得られるよう、流里の回復を祈ることが最優先だ。

一通り手当てを受けた流里は痛み止めを打たれ、その後自室に運ばれて眠った。

茨斗も離れから戻ってきて、張り詰めていた緊張の糸がようやくほんのわずか緩む。

居間に流里以外の側近たちが集まった。

茨斗が苦い顔で口を開いた。

「みんな流里さんと同じこと言ってました。急に敵の姿が見えなくなって奇襲を喰《く》らったって」

その言葉に、紘夜が腕組みをしたまま唸《うな》る。

「流里はあれで茨斗に次ぐ実力の持ち主だぞ。実質、俺たちの中じゃ三番手だ。その奴がああも派手にやられるとは……」

「……あの」

智世は震える声を出した。

怪我人も、大量の血も、あんなに間近で見たのは母親が辻《つじ》斬り事件の被害に遭ったとき以来だ。

宵江たちが揃って智世のほうを見る。

「あなたたち、一体……何と戦っているの？　流里さんはなぜあんなひどい怪我を……」

——宵江たちは国防のために日々何かと戦っている。

その見当は早い段階からついていた。だがその『何か』については何もわからなかった。

帝都にはびこる犯罪者と戦っているのか。それとも密《ひそ》かに帝国に攻め入ってくる異人相手か。

――否。

智世の脳裏に、あの書庫で見た文字がまたよみがえる。

――魑魅魍魎《ちみもうりょう》。

物の怪《け》、妖《あやかし》。人ではない――異形のもの。

誰も智世の問いには答えない。この期に及んでまだ智世には言えないということか。

宵江が剣呑な目で辺りを見回す。

「――まだ奴らの臭いがするな」

「流里さんの着物や武器からですかね」

茨斗がそう答えたあたりで、それまでじっと押し黙っていた十咬が口を開いた。

「……宵江様」

「駄目だ」

宵江はすぐに、鋭い口調でそう断じた。

十咬がその少年らしい、まだ丸みの残る頰に朱を昇らせる。

「一人欠けてしまっているんですよ！　こうなったら総力戦でいくしか――」

「お前を出すぐらいなら長の俺が二人分戦う」

「僕だって宵江様の役に立ちたいんです！　僕だって、僕だって玄永の一族なのに！」

「お前はまだ未熟すぎる。戦場に出てすぐ殺されるのが関の山だ」

「宵江様！」

「それ以上言うなら、屋敷での任を解いて離れで寝起きさせるぞ」

その言葉に、十咬はぐっと押し黙った。

茨斗が十咬の肩を叩く。十咬は俯《うつむ》いたまま、それきり何も言わなかった。

宵江は智世のほうを向かないまま、智世さん、と低い声で言った。

「手当てを手伝ってくれて感謝する。今夜はもう休んでくれ」

智世が何か答える前に、宵江はさらに言った。

「そして――今夜からしばらく、玄永の敷地の外には出るな」

＊　　＊　　＊

――貞光、と、女が彼を呼ぶたびに、彼の飢えは増していった。

相変わらず味のしない食事は、彼の胸のどこかを満たしてはくれた。それに確かに、腹は一時的に膨れた。

だが――彼の飢えを根本から癒《い》やしてはくれなかったのだ。

何か。
何か食べないと死んでしまう。このままでは。
この女が我が子のように愛し、慈しんでくれた——この命が潰《つい》えてしまう。
だから食べなくては。
血の滴る、生きたものの肉を。
今すぐに。
目の前のこの——肉、を。

第四章　贄《にえ》の花嫁

十咬が失踪《しっそう》した。

流里が大怪我を負って帰還した翌日のことだった。

夜通しばたばたと動き回っていたらしい宵江たちの目を掻《か》い潜《くぐ》り——というより、その慌ただしさに乗じて、自分も同じように役割を果たしているのだという顔をして、堂々といなくなってしまったのだ。

最初に異変に気付いたのは智世だった。何しろ十咬は智世の世話係なのだ。

毎朝欠かさず智世の部屋に朝の支度を手伝いに来てくれていた十咬が、いくら待っても来なかった。綱丸が相変わらず真っ先に起こしにきてくれるから、たまにはそんな日もあるのかと、最初はあまり気にしていなかった。何しろ昨日の今日だ。他に優先すべき任務があるのだろうと思った。

朝になっても、玄永の敷地内は、屋敷内も離れのほうもずっと騒がしかった。屯所へと——そしてその先の戦場へと向かうのであろう彼らのために、智世は女中たちと一緒に握り飯を作って持たせたり、差し入れとして大量の煮物を作ったりと慌ただしく働いた。だが智世に限っては、それは『平時よりは』という程度のことだ。彼らが深刻そうな表情で屋敷を出て行った後は、屋敷の中は嘘みたいに静かで、どこか蚊帳《かや》の外にぽつんと置かれてしまったような心地だった。

屋敷の中には、穏やかな、安全を脅かされないような雰囲気が漂っている。黒い制服の彼らの様子を目の当たりにした後では、それは却《かえ》って居心地の悪いものだった。

――玄永の敷地の外には出るな、と告げた、昨夜の宵江の硬い声音がよみがえる。差し入れを自分で屯所に届けることも、何か手助けになることをすることもできないのだ。当主の妻なのに。

がらんとした屋敷の中で、智世は他に何かやれることはないかと探した。落ち着いて椅子に座っていることなどできそうになかった。そうして屋敷を歩き回っていたとき、離れのほうに続く通用口の辺りから、黒い制服姿の男が駆け寄ってきた。

「奥様、十咬の姿を見ませんでしたか」

え、と智世の背筋が冷えた。

「朝からずっと見てませんけど――十咬くん、何か別の任務に就いているのではないんですか？」

問うと男は、おかしいな、と首を捻《ひね》った。

「あいつ確か、宵江様から奥様の世話係を拝命してやしたでしょう？　それをほっぽって別の任務に出すなんて、宵江様はしないと思うんですが。もちろん茨斗たちも」

男は智世に一礼すると、頼みたい雑用があったのにな、と頭を掻《か》きながら立ち去っていった。

不安が這《は》い上《のぼ》ってくる。茨斗は昨夜出て行ったきりまだ戻っていないし、紘夜も今朝早くに出て行った。

智世の足もとを、綱丸が心配そうにうろうろしている。脛《すね》のあたりに鼻先を擦《こす》り付けてくるので、智世はその丸い身体を抱き上げた。温かく柔らかい毛並みに縋《すが》るように抱きしめて、敷地内を捜し回る。――いない。どこにも十咬の姿がない。

途方に暮れて立ち尽くしていると、門のほうに全身黒の姿が見えた。宵江だ。今しがた帰還したらしく、門前で部下たちと何事か話している。

「宵江さん！」

智世は宵江に駆け寄る。宵江は智世に気付くと、慌てた顔をして智世よりも早くこちらへ駆け寄ってきた。

「外に出るなと言っただろう！　門にも近づくんじゃない！」

宵江は智世を門から遠ざけるようにして屋敷のほうに押し戻す。

だがそれどころではないのだ。智世は綱丸を抱きしめたまま訴える。

「十咬くんがいないの！」

「――え？」

「朝からずっと姿が見えないの。てっきり何か別の任務に就いてるんだと思ってたんだけど」

言い終わる前に宵江はとって返し、今入ってきたばかりの門に再び向かう。

「宵江さ――」

「俺が捜しに行く。もし茨斗や紘夜が戻ってきたらそう伝えてくれ」

まるで十咬の行き先に心当たりがあるような、迷いのない足取りで、宵江は駆け去っていく。

門からどんどん離れていく背中に、智世は言いようのない不安に駆られた。

「その門の結界の外には絶対に出るな！」

――結界、という聞き慣れない言葉に、智世の不安はいや増すばかりだった。

被害件数が増加する一方だった辻《つじ》斬り事件はその夜、ある別の局面を迎えた。

被害者が刀で斬りつけられた後、すぐ傍で地崩れがあったのだ。

それはまるで地中に張り巡らされていた糸が、何かの拍子にぷつりと切れたかのようだった。

犯人もろともあわや生き埋めというところで助けが入り、被害者は何とか一命を取り留めた。ややあって警察官と思《おぼ》しき若者達が――彼らの制服は見ようによっては黒い軍服のようでもあった――現場に到着したときには、犯人の姿は忽然《こつぜん》と消えていた。

土中から助け出してくれたのは金色の毛並みをした犬だった、と後に被害者は語った。

夜半を過ぎても宵江は帰ってこなかった。

一日中、屋敷の外は慌ただしく、ひっきりなしに人が出たり入ったりしているようだった。智世はすぐにも外へ飛び出し、誰かを捕まえては何かできることはないかと聞き回りたくなる衝動を抑えるのに必死だった。皆が何とどうやって戦っているのかもわからない智世に、恐らくできることなどない。だがそれでも、一度外に勤めに出たことがある身として、ただ結界とやらに守られて皆の帰りを待つような自分ではいたくなかった。

(私にだって何か――何かできることがあるはずよ。みんなのために)

そして、宵江のために。

――今一度、あの書庫を訪れてみるべきだろうか。あのとき見てはならないと思った書物が、今の状況を何かしら理解する助けになるかもしれない。

あの書物に書かれていた『魑魅魍魎《ちみもうりょう》』とは何なのか。例えば犯罪者や、あるいは疫病などの暗喩《あんゆ》なのか――それとも言葉そのままの意味なのか。

だがこの非常時に、書庫に入るなという宵江の言いつけをあえて破るのは、彼の心労を徒《いたずら》に増やすことにもなりかねない。

悶々《もんもん》としたまま、時間ばかりが過ぎていく。

――空気が張り詰めたのは明け方近くのことだった。

自室で浅い眠りに就いていた智世は飛び起きた。門の辺りが騒がしい。急いで階下に降りると、黒い制服の青年が血相を変えて飛び込んできた。

「旦那様《だんな》が戻られました！　ですが、ですが……」

血の気が引いた。智世は屋敷から飛び出す。

何人もの部下たちに囲まれて、宵江がこちらに戻ってくるところだった。脇にいる部下に支えられ、辛うじて二本足で歩いているというていだ。まるで先日の流里のように。あちこち切り裂かれた黒い制服が痛々しい。

そのやや後ろを歩く別の部下は、金色の毛並みの中型犬を抱えていた。犬もぐったりしている。

智世は駆け寄ろうとして、思わず立ち止まった。

──夜明けも近い、仄《ほの》明かりの中。

宵江の姿が浮かび上がる。

その美しい顔が、今は苦悶《くもん》の表情に歪《ゆが》んでいた。そして、黒い髪の上に、黒い何かがある。制帽ではない。何か──獣の耳のようにも見えるもの。

黒曜石の瞳《ひとみ》が智世を捉《とら》え、そして光った。星空のようにではない。物陰から獲物を狙う肉食獣のようにだ。

息を呑《の》む。宵江から視線を外すことができない。

その姿は──人の形をしていながら、獣のようにも見える姿は、まるで。

「宵江様！」

傍で宵江の身体を支えていた部下が叫ぶ。突然宵江が暴れ出したのだ。別の部下も加わり、後ろから羽交い締めにするようにして宵江を押さえつける。

「落ち着いてください！　宵江様！」

宵江の瞳は正気を失っている。

目を血走らせて智世を睨《にら》んだまま、尖《とが》った牙《きば》を剝《む》き出しにしている。

あんな牙――宵江にはなかった。

「奥様、屋敷の中へ！」

騒ぎを聞きつけて飛び出してきた女中が、智世を宵江から遠ざけようとする。智世はその手をすり抜けて、宵江のほうへ駆け出す。

「なりません！　今の旦那様は――」

「奥様、離れて！　危険です！」

宵江を辛うじて押さえつけている部下たちも口々に叫ぶ。宵江が暴れるたびに、その鋭い爪が彼らをも傷つけている。屋敷に戻ってくるまでの道中にも何度も暴れたのだろう、部下たちは皆掻き傷だらけだった。

だが智世は足を止めなかった。宵江から視線を外すこともしなかった。

彼の首に手を伸ばし、力いっぱい胸に抱きしめる。そして叫ぶ。

「早く鎮静剤を打ってください！」

兵士たちは一瞬たじろいだように息を呑んだが、すぐに動き始めた。

「宵江様に鎮静剤を打て！　早く！」

「だがこの状態では鎮静剤など――」

「いいからできることは全部試すんだ！」

「爪が危険だ、後ろ手に縛れ！」

部下たちが騒ぐ声が――どこか遠くに聞こえるような気がする。

誰かが、口輪を、と叫んだ。

部下の一人が宵江の腕を縛ろうとして振り払われた。猛獣の如き鉤爪《かぎづめ》の生えた両手が、宵江の首を抱きしめていた智世の両腕を力任せに外し、地面に押さえつけた。

後頭部を強か《したた》に打った。一瞬、視界が白くぶれる。

目の前に――鋭い牙があった。

焼け付くような喉《のど》の痛みに襲われたのはその直後だった。

頸《くび》を咬《か》まれたのだ。

痛みの直後に、稲妻のような衝撃が全身を駆け抜けた。強い、強い痺《しび》れのようなもの。

それはまるで、この玄永家に輿入《こしい》れしてきた日、門を潜ったときに感じたものと同じ衝撃だった。だがもっと強い。痛みよりもその痺れによって、智世の意識が遠のきかける。

部下たちが数人がかりで宵江を智世から引き剝《は》がそうとする。だが物凄《ものすご》い力で、宵江は岩のようにびくともしない。

——いいの。これでいい。

（それであなたが落ち着くなら——）

自分の役目がそこにあるのなら。

（——私があなたを守るから）

次第に——獣のように荒かった宵江の呼吸が、段々と落ち着いてきているのがわかった。切れ切れに、呻《うめ》くような、唸《うな》り声のような声が聞こえてくる。

「……世……智世……っ」

頸を咬まれているというのに、智世は視界の端をちらつく黒い獣の耳を見て、美しい、と思った。それが、この絶望的な状況から無意識に逃避しようとしていたためなのかは、智世自身にもわからない。

意識が完全に途切れる直前、黒曜石の瞳が——血走って、まるで涙を流しているように見える愛《いと》しい瞳が、星空のような煌《きら》めきを湛《たた》えて智世を見た。


——智世は夢を見た。

いつか見た、子どもの頃の夢。

異形のものの影を見て怯《おび》える智世に、少しだけ年上の男の子が話しかけてきてくれた。

初めて会う子だった。近所に住んでいる子どもは大人同士にも付き合いがあるから、よそから来た子ならばすぐにわかるのだ。

それに智世は――その男の子のように美しい瞳を、他に知らなかった。

「こわがらなくていいよ」

男の子はそう言った。全然笑わない子だった。そのときは智世だってべそべそ泣いていたから人のことは言えないのだけれど、その男の子は笑いもしないし泣きもしない、表情のない子だった。

でも――智世を心配してくれているのだという気持ちが、ありありと伝わってきた。怖いものを見て、だから泣いていたのだとは、智世はその子には打ち明けなかったはずだ。

だけどその子は智世が何かを恐れて泣いているのだと悟って、そう言ってくれたのだ。

「いつか、ぼくがきみをまもるからね」

いつ、どのようにして守ってくれるつもりなのかなんて、大人のようなつまらないことは、子どもは考えない。まさに今、心細くて泣いているときに力強い言葉を掛けてくれて、傍にいてくれる存在こそが、何ものにも代えがたく大切なのだ。

それなら、と幼い智世は涙を拭《ぬぐ》った。

「あなたがないてるときは、ともよがまもってあげる」

あれは憧《あこが》れに近い、淡い初恋だった。

あれほど優しく美しい記憶だったのに、すっかり忘れてしまっていたけれど――胸に点《とも》った温かさだけは、今でもこうして鮮明に思い出せる。

次に目覚めたとき、智世の視界は一変していた。

まず、目覚めたことに智世自身も驚いた。死ぬ覚悟ができていたわけではないけれど、何となく、これで自分の人生が終わるのだと悟っていたから。

頸にはしっかりと包帯が巻かれている。疼《うず》くように痛むが、思ったほどの痛みではない。他の皆と同じように、誰かが智世にも痛み止めを打ってくれたのだろう。

だが、自分が生き存《なが》らえていたことの驚きよりも大きな驚きに、智世は言葉を失った。

智世の傍で様子を見てくれていた顔馴染《かおなじ》みの女中が、安堵《あんど》した表情を浮かべた。そして部屋の外に向かって、奥様がお目覚めです、と声をかけた。

その彼女の——足もとの影。

人間の影の形ではなかったのだ。

部屋の灯《あか》りはぼんやりと薄暗い。それなのに影はくっきりと見えている。

——四つ足の獣の形をした影が。

三角形の大きな耳が二つ、頭の上についている。

女中の横顔は間違いなく人間の女のものなのに、その影は鼻先が長い。そして鋭い牙が覗《のぞ》いている。

犬、——いや違う。

狼だ。

茨斗と流里、そして紘夜が一礼して部屋に入ってきた。

その足もとに綱丸がいる。ころころと丸い身体を転がすように駆けてきて、智世の寝台に飛び乗った。心配そうに鼻先でつついてくる綱丸を、智世は優しく撫《な》でる。

「……綱丸」

「はい」

綱丸ははっきりと答えた。――ずっとポメラニアンの赤ちゃんだと思っていた。それなのに今、なぜそんな勘違いをしていたのかわからないほど、綱丸は狼の赤ん坊に見える。

綱丸の返事は、音としては、わう、というあの鳴き声に聞こえた。けれども意味がはっきりとわかったのだ。

「あなた、ずっと私に話しかけてくれてたのね」

「はい、ともよさま」

幼子のような愛らしい声で、舌っ足らずに綱丸はそう答えた。

茨斗たちは智世のそんな様子を見て、どこか居心地悪そうに互いの顔を見合っている。

最初に口を開いたのは茨斗だった。

「……無事でよかったです。結構深い傷だったから、一時はどうなることかと」

「あなた、三日も眠っていたんですよ」

流里の言葉に、智世は目を丸くした。まさかあれから三日も経っているとは思わなかった。

「流里さん、起き上がれるようになったのね。よかった」

「ええ、お陰様で。まだ左腕は添え木が必要ですけどね。もう戦場にも出られます」

流里は見慣れた女着物ではなく、茨斗たちと同じ黒い制服姿である。

智世は女中の手を借り、起き上がった。そして久々に宵江の側近たちが揃った姿を見ることができたことに安堵する。

――いや。一人足りない。

「そうだ――十咬くん。十咬くんは無事なの⁉　それに」

――宵江は。

意識を失う直前の光景が脳内で激しく明滅した。

思わず頭を押さえ、倒れ込みそうになる。女中が気遣わしげな顔で背中をさすってくれる。

茨斗は寝台の傍に屈《かが》み込んで、智世に視線を合わせた。

「もう見られちゃってるんで今さらですけど――もう一度、真実を目にする勇気はありますか？」

告げられた言葉に、智世は重く頷《うなず》いた。

茨斗も、流里も、そして紘夜も。

──その足もとの黒い影の形は、獣だ。

黒い玄《くろ》い──狼の影。

ぎっ、と床が鳴る。扉から入室してくる人影、いや、

──人ならざるものの影。

玄い狼の尖《とが》った耳、太い尾。そして口輪。

人の形であって人でない、宵江のその姿。

大丈夫、と茨斗が微笑んだ。

「姿はああですけど、もう正気に戻ってます」

智世は知らず強《こわ》ばっていた身体の力を努めて抜いた。緊張が伝わってしまったら、きっと宵江は傷つく。

宵江は金色の犬、いや狼を両手に抱いていた。四肢に手当ての痛々しい跡がある。彼が目顔で断ってくるので、智世は頷いた。それを確かめてから、宵江は金色の狼を智世の寝台の上に寝かせる。

「十咬だ」

宵江は感情の見えない声でそう言った。

金色の狼──十咬は目を伏せた。智世は躊躇《ためら》いがちに手を伸ばす。

「……これは、無事だったってことでいいのかしら」

はい、と十咬が答えた。やはり耳には獣の唸《うな》り声のように聞こえたが。

「……お側でのお役目を放棄した上、無様な姿を晒《さら》しました。申し訳ありません」

「まったくだよ」

茨斗が吐き捨てる。

「一人で敵の潜伏先に乗り込むなんて。宵江さんが追いついてくれてなかったら今ごろどうなってたか」

「まあ、地崩れから被害者を救い出したことだけは褒めてやってもいいがな」

紘夜が言うと、甘いですね、と流里が切り捨てる。

「あれだって敵さんの罠《わな》じゃなかったとは言い切れませんよ。ならば十咬は掛からなくてもいい糸に文字通り自分から掛かりに行った、都合のいい餌です」

十咬は俯《うつむ》いたまま、喉《のど》の奥で唸っている。本人も同じことを思っているということだろうか。

智世は宵江を見上げる。

あの夜明けの仄《ほの》明かりの中で見たようには、もうその目は血走ってはいない。泣いてもいない。

枷《かせ》の奥で、鋭い牙《きば》の生えた口を引き結んで、表情のない顔で智世を見下ろしている。

けれど、智世にはわかる。彼は恐れている。

智世が彼を拒絶するのではないかと、恐れているのだ。

「……宵江さん。傍に来て」

その言葉に、茨斗たちが宵江に道を空ける。

宵江は逡巡《しゅんじゅん》していたが、意を決したように寝台に腰を下ろした。

「……傷、痛むだろう」

痛むのは確かなので、智世は素直に頷いた。

宵江は俯いた。黒い髪と口輪に隠れてしまって、表情がわからなくなる。

口が開かれる。何かを言おうとしている。

「待って。謝らないで」

宵江が驚いた顔で智世を見た。

智世はきっぱりと首を横に振る。

「私、自分から咬《か》まれに行ったようなものだったのよ。あのときはああするしかなかった。それにあなただって、自ら望んでああなったわけじゃない。そうでしょ？」

「そう……だが、でも」

「それでも悪かったと思うなら、謝るよりも——全部説明してほしい」

女中が宥《なだ》めるように背中をさすってくれる。智世は彼女に向かって首を横に振った。

「私、あなたたちの影が見えているの。——はっきりと、狼の形に」

女中だけでなく、茨斗たちも、そして宵江も息を呑《の》んだ。

「今、人ではない姿をしている宵江さんや、十咬くんだけじゃない。茨斗さんたちだって本当はそうなのよね？……いいえ」

きっと――玄永の敷地内にいる者たち、全員が。

そう告げると、宵江が驚いたままの顔で言う。

「ずっと――見えていたのか？　俺たちの影が、狼の形に」

「いいえ。ついさっき、目覚めてからよ」

まさか、と茨斗が呟《つぶや》く。

「……当主である宵江さんに咬まれたから？　それで能力が開花したってこと？」

「雨月家のお嬢さんですからね。その才能はもともと持っていたはず。それがあんな形で玄永の当主の強大な力を浴びて、能力の発現に至ったのでは」

顎《あご》に手を当てて流里が答える。だが、と紘夜が言う。

「雨月家において能力者はもう途絶えたも同然ではなかったのか。少なくとも奥様のお父上は――」

「ああ。多少の力はあるものの、ほとんど普通の人間だ。そのまたお父上もな。能力者と呼べるほどじゃない。だがかつては神凪《かんなぎ》として、我が玄永家とともに国防にあたっていた能力者の末裔《まつえい》だ。智世さんにその力が発現しても何ら不思議じゃない」

宵江はそう言って、未《いま》だ事態がはっきりと呑み込めずにいる智世に再び向き直った。

「だから――だからお父上は、俺の申し出に応じてくださったんだ。あなたを妻にと望んだときに。俺なら――俺たちなら、たとえあなたの能力が発現しても、あなたを奴らから守ることができるから」

——父が誰とどんな仕事をしているか、教えてくれたことはなかった。

それはきっと誰彼構わず話して、もし何か重大な秘密が漏れてしまったら、きっととても勝てないような——そんな相手と日々戦っていたからなのだ。

「……俺たち玄永家は、内務省警保局内に密《ひそ》かに設立されている公安機動隊という組織で、帝都を——ひいては国を護《まも》るために働いている」

宵江は智世を見据えたまま、言った。

警保局であればやはり父が属しているのと同じ組織であり、機動隊ということは前線に出て日々戦っているということだ。そして公安——関係者以外の誰にもその職務内容が秘されていることを、その冠された名が示している。

智世は息を呑む。

「この国には昔から人外のものたちが、まるで人のような顔をして紛れ込み、人の世の平和を脅かしている。俺たちはそういうものと戦うために組織されたんだ。もう何百年も前に——俺たちの祖先が人間と手を取り合って、妖《あやかし》どもに対抗するために」

——人外。妖。

やはりそうだ。魑魅魍魎《ちみもうりょう》。あの書庫で見た異形の絵。そしてたびたび目撃していた異形のものの影。脳内ですべてが繋《つな》がっていき、心臓がばくばくとうるさく音を立てる。

流里が皮肉げに笑った。

「人外には人外をぶつけようってわけですよ」

「ま、そんなとこ。昔から俺たち狼の一族は人間と仲良くやってたみたいだし、俺たちも人間好きですしね。その分、妖の中では異端扱いされて、まー目の敵にされてますけど」

茨斗が笑う。

まさか、と智世の声が震える。半ば確信を持って。

「……あの辻《つじ》斬り事件って、もしかして」

「ああ。人外どもの仕業だ。俺たちはここのところ、ずっとあの事件の犯人どもを追っている」

智世は思わず口もとを押さえた。それでは、智世の母親は人外なるものに襲われたことになる。

宵江は苦々しげに続ける。

「妖どもは普通、人を襲うのに武器は使わない。下級の奴らにそこまでの知能はないからな。獣が狩りをするのに武器を使わないのと同じだ。だが一連の辻斬り事件で奴らは刀を使っている。十中八九、奴らを指揮している知能の高い親玉がいる」

「その親玉が仕掛けた罠と思《おぼ》しき場所にのこのこ出向いたのが、この馬鹿者というわけです」

紘夜が十咬を示した。十咬はひたすら項垂《うなだ》れている。

智世は大きく息を吐いた。

次から次へと信じられないことばかり起こるが——だが、今まで不自然に思っていたことすべてに、これで合点《がてん》がいった。

「……妖って、写真に写らないって聞くわ。もちろんそんなの作り話だと思っていたけれど、あれだけお見合い写真が欲しいって頼んでも送ってもらえなかったのって」

ああ、と宵江は申し訳なさそうに頷《うなず》いた。

「俺たちは写真に写らない。だから送ることができなかったんだ」

「……結納をすっぽかしたのも？」

「あの日、朝早くに帝都のあちこちで魑魅魍魎が暴れ出した。同じ妖でありながら唯一人間社会で高い地位を持つ玄永一族の、その当主の婚姻の話が知れ渡って、邪魔されたとしか思えない。一族総出で鎮圧にあたらないと、とんでもないことになるところだった」

「その後、会う機会が全然なかったのも……」

「魑魅魍魎どもがあまりにもしつこかった上に辻斬り事件まで起きたんだ。婚礼当日に絶対に時間を確保するためには、その前日までのすべての日程を犠牲にするしかなかった」

智世は——全身の力が抜けるのを感じた。

なぜ、と思う。

「……どうして今日まで隠してたの」

「……本当はまだ言わないつもりだった。言っても信じてもらえないと思っていたし、それに」

宵江は口を噤《つぐ》む。まだ――智世に隠していることがある。

智世は布団の上で拳《こぶし》を握る。

確かに智世は無力だ。ごく普通の、当たり前の人間として生きる分には、優秀な女性だと褒めてもらったことはある。だがそれは人外と時に命を賭《と》して戦う者たちが住まう玄永家においては、何の役にも立っていないのと同義だ。

でも。

「私、本当は子どもの頃から見えていたの。多分、人外のものの影が」

「――え？」

「ずっと見間違いだって自分に言い聞かせてきた。父や母にも隠してきたわ。そうしないと自分が、何か恐ろしいものに取り込まれそうで怖かったから。見ないふりをすることで、恐ろしいものは実在しないんだと自分に思い込ませようとしていたの。でも、あなたたちの影が狼の形に見えるようになった今ならわかる。あれはきっと、人間に化けていた妖たちの、本当の姿の影が見えていたのよ」

恐ろしいものの影は、見えるときと見えないときがあった。

きっとそれは、智世が人外のものとすれ違ったときに必ず見えるというものではなかったのだろう。

茨斗や流里の言葉を信じるなら、智世の力は玄永家に入るまでずっと不安定だったのだ。能力が発現したりしなかったりしていた。

それが妖の棲まう玄永家に入って——そのさらに頭領たる宵江に咬《か》まれるという形で力をぶつけられたことで、その能力が確たるものになったということだ。

だから、と智世は言い募る。

「もし、この力を使って私にできることがあるなら——」

智世が言いきらないうちに、宵江は立ち上がった。

黒い毛並みに覆われた太い尾が、宵江の動きに合わせて動いた。

「あなたの力に頼るわけにはいかない」

また拒絶の言葉だ。目の前にあるのに、宵江の背中が遠い。

宵江さん、と流里が窘《たしな》める。

「この期に及んで何を言うんです。僕らは鼻は利くけれど、敵がいる大まかな方角しかわからない。智世さんの力は、まさにどいつが敵なのかがわかるんですよ」

「流里」

紘夜が流里を制し、首を横に振る。しかし流里も止まらない。

「今まで宵江さんの意向を尊重してきましたけど、もう限界だってわかっているでしょう。僕だけならまだしも、宵江さんも深手を負って、そのせいで智世さんまで大怪我をすることになったんですよ」

智世は首を横に振る。

「流里さん、それは違う。私の怪我は宵江さんのせいじゃ――」

「宵江さんのせいですよ。どんな言い訳をしたって事実は変わりません。元はといえば宵江さんが頑《かたく》なにあなたの力を借りようとしないから、あの程度の敵にやられてあんな深手を」

――だん、と重い音が響いた。

宵江が壁を拳で打った音だった。

「流里」

宵江が低く呻《うめ》く。

「それ以上言うな」

流里は押し黙った。

智世は――呆然《ぼうぜん》と呟《つぶや》く。

「……どういうことですか、流里さん」

智世さん、と茨斗が首を横に振る。だが問い質《ただ》さないわけにはいかない。

「私の力を借りないから深手を負ったって、どういうことですか」

――贄《にえ》、という言葉がもうどうあってもごまかしようもないほど、智世の頭を駆け巡った。

宵江は智世の言葉を無視して、その場から立ち去った。紘夜が部屋を見回し、首を横に振ってその後を追う。

残された茨斗と流里は目配《めくば》せをした。

「……俺は話したほうがいいと思う。宵江さんはああ言ったけど」

「別に君の意見は聞いてません」

流里は嘆息混じりにそう言った。そりゃそうだけどー、と茨斗は口を尖《とが》らせた。

何だか——宵江が威圧感すら漂わせて出て行った割に、そして智世の脳内を占める贄という言葉の重みの割に、どこか気楽そうな雰囲気である。

智世は訳が分からず眉根《まゆね》を寄せる。

茨斗は椅子を二脚引っ張ってきた。そして一脚を流里に渡す。どうやら腰を落ち着けて何かを話してくれる気らしいと悟り、智世も姿勢を正す。

口火を切ったのは茨斗だった。なぜかはわからないが、やはりどこか気楽な調子だった。

「まず前提として言わなきゃいけないことなんですけど」

「何でもいいわ、言って。すべて受け入れるから」

智世は厳かに頷く。もうここまで来たら、自分が狼の長《おさ》に捧《ささ》げるための生け贄として この玄永家に連れてこられたのだと面と向かって告げられようとも、狼狽《うろた》えずに受け止めようと思った。

だが続く茨斗の口調にはどうにもやはり——温度差があった。

「えーと、俺たちが人外ってのはもう信じてもらえた感じですか？」

「宵江さんのあの半人半妖《はんじんはんよう》の姿や、あなたたちの影まで見て、狼の姿の十咬くんと会話もできちゃったんだもの。綱丸ともね。ここまできたら信じるも信じないもないわよ」

「そりゃそうですね。で、その上で――宵江さんとの婚姻関係は、続けてもらえると？」

茨斗は口振りは軽いままだが、明らかに視線に真剣なものを含ませてそう問うた。

智世は戸惑った。なぜそんなことを訊《き》かれるのか。

「……人間と妖《あやかし》とじゃ、結婚生活は続けられないということ？」

でも、それならば宵江が智世の父に、人間である智世を妻にと頼み込んだ道理がない。

――父。

「……私の父は、あなたたちのこと……」

「当然ご存じですよ。俺たちが狼だってこと。宵江さんのこともね。雨月部長は組織図上は俺たちの総轄ですし」

茨斗たちの長は宵江だが、公安機動隊は警保局預ということになっている。つまり現場で実務を取り仕切るのは宵江で、公安機動隊の責任を宵江と二分して担っているのが智世の父だと茨斗は説明した。

智世は不意に、母親が辻斬《つじぎ》りの被害に遭った夜、父が言っていたことを思い出した。

――通報を受けてすぐに精鋭部隊に犯人を追ってもらった。彼らには感謝している。

だが――彼らは私に済まなそうに謝ってきた。事件が起きる前に防ぐことができていれば、と――

つまりあのとき父が言っていた精鋭部隊こそが、宵江たち警保局預公安機動隊だったのだ。

母親を傷つけた人外を――彼らが討伐してくれていたのだ。智世にはそうと告げないままに。

ま、と茨斗が軽く続ける。

「俺たちは自分たちをほとんど人間だと思って生きてますから。特に人間と関わっている間はね。だけど俺たちは妖です。それは揺るぎない事実だ。つまり根本的に、あなたたち人間とは違う部分がある」

――前提ってのはそれです、と茨斗は続けた。

流里が頷《うなず》く。

「僕らは僕らの理《ことわり》に従って生きている。それは僕らの意思でどうこうできるものじゃありません。他の下級の妖たちとは違う、人間に近い世界で生きていても、僕らが妖である限りそれは変わりません」

それは何となく理解できる。智世だって今まで当然だと思っていた人間としての理を、自分の意思でどうにかすることは不可能だろうと思う。

流里は続ける。

「下級の妖どもが人間を襲っていることからもおわかりだと思いますが、妖にとって人間とは餌です。精気を吸い取るだけのこともあれば、実際に肉を喰《く》らうこともある。人間を喰らった分、その力を吸った分、妖の力は強まるんです」

それも、子どもの頃から怪談話で散々馴染《なじ》んでいる。まさか実話だなんて思いもよらなかったが。

「僕らは奴らとは格が違いますので、人間を喰らったりしません。その必要もありませんん。かつて僕らの祖先が人間と手を組み力を貸す過程で、末代に至るまで人間を喰らわなくて済むように、人間と同じ食事で生きられる身体にする呪《じゅ》を施してもらったからです。その呪を施した術者というのが、他でもない当時の雨月家のご当主なんですよ」

「そういう特別扱いが、俺たちが他の妖たちから妬《ねた》まれてる要因のひとつなんですけどね」

でも、と茨斗が膝《ひざ》の上で手を組んだ。

「さっき言いましたよね。俺たちはどこまで行っても妖です。いくら人間に近づいても――妖の理から外れることはできない」

――つまり。

「……人間から力を奪って、妖は強くなる。俺たちも同じなんですよ、智世さん」

それに――その長たる宵江も。

「昔から――玄永家と雨月家が手を結び始めた頃から、雨月家に力の強い娘が生まれたら、玄永家の当主に嫁ぐことになっていたそうなんです。この国を人外どもから守る当主の力を、より盤石なものにするために」

――贄、という言葉がまた頭をよぎる。

でも、と茨斗は智世を安心させるようにすぐに打ち消した。

「実際にはいくら神凪《かんなぎ》の家系とはいえ、そんなに力の強い人ばっかり生まれたわけじゃなかったみたいですし、妖と人間の婚姻を良く思わない人たちも両家ともに結構いたみたいです。だから本当にその政略結婚みたいなのが行なわれたのって数えるほどしかないらしいですよ。特に俺たち妖は、元々は縄張り意識の強い獣だから」

「来光さんがその最たる例ですよ。気性が獣に近すぎるんです。だから長子なのに玄永家の当主を継げなかった。人間と協力して人間の国を護《まも》るのが使命なのに、ものすごく人間嫌いなんですから」

流里の言葉で、来光のこれまでの言動すべてに納得がいった。

来光は智世を嫌っていたわけでも、憎んでいたわけでもない。ただ排除したかったのだ。智世が文字通りの異物だから。狼一族の縄張りを守るために。

ただ、と茨斗は続ける。

「力の強い神凪ってのは、妖から狙われやすいです。何しろ妖たちから見たら、自分たちを退治したり祓《はら》ったりしてくるような、生活どころか命を脅かしてくる相手ですからね。力があることが妖側に知れた時点で、智世さんの命が狙われてるところでした。多分ですけど、お父上はそのことに思い至ったから、宵江さんの求婚を受け入れたんじゃないかな。どうせ狙われちゃうなら、どう考えても宵江さんの傍にいたほうが安全ですから」

──玄永くんは、いい人だ。彼に嫁いでくれるなら、父さんは安心できる。

父のあの言葉にそんな真意があったとは。

智世は脱力した。深く深く、息を吐く。

茨斗と流里はとても親切で、いい人だ。人間であってもなくても、生涯付き合っていける友人になってくれたら嬉《うれ》しいと、そう思う。紘夜も、そして十咬や女中たちもそうだ。

──だけど。

「……このお話、できれば宵江さんの口から聞きたかったな」

なぜこんな大切な話の最中で、彼は智世を置いて出て行ってしまったのだろう。それもあんなに深刻に、怒りすら湛《たた》えた様子で。

確かに彼は話し上手なほうではないとは思うけれど、別に巧《うま》く話してくれなくたってよかったのに。彼の言葉で、彼から直接聞けさえすれば、智世はきっともっと安心できた。

だが──今にも泣き出しそうな智世とは裏腹に、茨斗と流里はやはりどこか温度差のある軽い調子で視線を交わし合った。

「……まあ、あの調子じゃ無理ですよねー」

「でしょうね。あそこであんなに照れてしまってはね」

――ん、と智世は疑問に思う。

何か今、この場に似つかわしくない言葉を聞いた気がする。

すると今まで黙って空気のような存在に徹してくれていた女中が、耐えきれないと言わんばかりに声を上げた。

「それでもあそこで出て行ってしまわれるなんて、少々男らしさに欠けるんじゃありませんか。ねぇ奥様。こういうことは殿方の口から直接聞きたいですよね」

「……え？　え？」

「まあ宵江さんって、そういうとこは紳士的っちゃ紳士的だからなー、良く言えばだけど」

「自分たちの頭領が奥方に対していつまでもうじうじしているのを見せられてるこちらの身にもなってほしいですよ」

「あの……どういうことですか？」

一気に話が見えなくなってしまった。

混乱極まる智世に、茨斗が悪戯《いたずら》っぽく笑う。

「だから言ったじゃないですか。俺たちは妖だから、人間を物理的に喰らったり精気を吸ったりして、力を奪って強くなるって」

「ええ、言ったけど、それと一体何の関係が――」

「でも俺たち玄永一族は理性的で理知的な妖なんで、人間の肉を物理的にむしゃむしゃ喰ったりしません。まぁこないだの宵江さんみたいに、ちょっと理性吹っ飛ばしちゃって行動が獣に戻っちゃうことはたまーにありますけどね、あんなの滅多にありません。殺すまで咬《か》んだりしませんしね。でも妖《あやかし》の理からは外れられない。どういう意味だかわかりますよね？」

わからない。首を捻《ひね》るしかない。

茨斗は呆《あき》れたように流里と顔を見合わせている。

奥様、と傍らから、見かねたように女中が声をかけてくる。

「呼吸でございます」

「呼吸？」

智世が目を瞬《しばたた》かせると、女中は辛抱強く頷いた。

「精気からにしろ肉からにしろ、妖がそこから力を奪うということはすなわち、人間の命の欠片《かけら》を奪うのと同義です。呼吸もまた命の欠片――玄永一族の長《おさ》は雨月家の奥方様から、呼吸を介して力を頂くのですよ」

呼吸、と呟《つぶや》きながら、智世は無意識に己の唇に触れる。

そして――唐突に理解した。

当主に命の欠片を差し出す生け贄《にえ》。

女中は大きく頷《うなず》く。

「はい。接吻《せっぷん》です」

——ぼん、と爆発しそうなほどに智世は赤くなった。

茨斗がひたすら呆れた顔をしている。

「輿入《こしい》れの夜に、俺に『なんで宵江さんと寝室が別なんだー。跡取りを産まなきゃいけないのにー』って言ってきたのと同じ人とはとても思えないんですけど」

「そ、それとこれとは話が別よ！　あのときは、それが当主の妻の役割だと思ったから——」

いや、だとしても確かにはしたないことを言ってしまった自覚はある。

智世は両手で顔を覆って項垂《うなだ》れた。

「……穴があったら入りたいわ……」

「やー、こんなことでここまで拗《こじ》れに拗れるなんてね。宵江さんがさっさと、智世さんのことが大好きで大切にしたいから、無理やり接吻して力を奪って利用する政略結婚みたいなことはしたくないんだー、って正直に白状しちゃえば話は早かったのにさ」

「あの不器用な宵江さんがそんなこと言えるはずないでしょう。さっき自分から白状する最高の機会を与えてやったというのに、照れて壁まで叩《たた》いて出て行くような御仁なんですから。きっと今ごろ、自己嫌悪で中庭あたりで蹲《うずくま》ってますよ」

それじゃ、と智世はおずおずと手を外して顔を上げる。

「……私に魅力がないからとか、私と跡継ぎを作りたくないからって理由で、寝室が別だったわけじゃないのね？」

「寝室が一緒になった瞬間、智世さんの力を根こそぎ奪うことになるってことが、自分でわかっていたんでしょうよ。だから不必要にあなたに触れないようにしていたんです。まったく無駄な努力ですよ」

流里はやれやれと肩を竦《すく》めながら言った。

「だってあなた、宵江さんに力を奪われたって構わないと思ってるんでしょう？」

智世はまた顔を手で覆った。

「……好きな人には、全部奪ってほしい」

「おーい宵江さーん。あんた自分が意気地なしだったせいで、かわいい奥さんのかわいい台詞《せりふ》を聞き逃しましたよー」

茨斗が中庭のほうに向かって悪戯っぽく笑った。

智世は茨斗を軽く叩く。

「だって別に、命に別状があるほど力を吸われるわけじゃないんでしょ？」

「そうですね。せいぜい蚊に食われる程度だと思いますよ」

「それで夫の力になれるなら、喜んでやるわ」

元々、誰かの力になるつもりで結婚を決めたのだ。

そのやり方が判明して、その上、自分にその力があるとわかった今、それをやらない理由はない。

それに、と茨斗は付け加えて教えてくれた。強い力を持つ雨月家の嫁は、玄永の敷地内にいるだけでも、当主に自覚なく微量ずつ力を分け与えているらしい。だからいつぞや女中が、智世がいるだけで宵江の体調が良くなったと口を滑らせたのか。智世にはすべての合点《がてん》がいった。

そういえば、と智世はふと思い出す。

「私の世話係についてくれたのが、女中のどなたかじゃなくて十咬くんだった本当の理由って、結局何だったの？」

すると女中がなぜか恥じ入るように身を縮めた。それまで静かに話を聞いていた十咬もだ。流里はひとつ嘆息して答える。

「それはね、彼女たちの力がまだ弱くて、夜になると正体を現わしてしまうからです。宵江さんはあなたに真実を話すまで、正体をどうしても隠しておきたかった。だから非戦闘員の中で一番長時間、人間の姿を保っていられる十咬を、あなたの世話係兼護衛として付けたんですよ」

まあ今はこのざまですけど、と茨斗が十咬を軽く小突いた。

今まで抱えていた様々な不安は、智世自身も無自覚のうちに、胸をひどく締め付け、背中に重くのしかかっていたらしい。不安の種が消えた今、残っているのはただ純粋な──以前にも増して膨れ上がった、この大切な新しい家族に対する愛《いと》おしさだ。

智世は両腕を伸ばして、片手に女中を、そして片手に獣形の十咬を抱きしめた。女中が戸惑いながらも抱きしめ返してくれる温《ぬく》もりと、頬にしっとりした鼻先をすり寄せてくれる十咬の毛並みの感触に、何だか胸がいっぱいになった。

茨斗と流里が顔を見合わせて微笑んでいる。綱丸が嬉《うれ》しそうに、寝台の周りを駆け回った。

その後、茨斗と流里はそれぞれ十咬と綱丸を連れて、部屋を出て行った。

すべてが判明した今となっては――この場に宵江がいないことも、智世にまだ立ち上がって宵江を追いかける体力が戻っていないことも、とても残念に思う。何しろ目覚めてすぐに非常に中身の濃い会話をしたために、目を閉じればすぐにも寝入ってしまいそうだ。

智世を再び寝台に寝かせてくれながら、女中が思い出し笑いをした。

「奥様。旦那《だんな》様と同じ寝室に入られるのは、まだ少し時間がかかるかもしれません」

智世は首を傾げ、彼女の穏やかな顔を見上げる。

口輪、と女中は自分の口もとを指さしてみせた。

「眠っている奥様のご様子を見にここにいらっしゃるたびに、自主的に口輪をつけていらしたんですよ。もうとっくに正気に戻られていて、そんな必要はなかったのに。よほど奥様を咬んでしまったことがお辛《つら》かったのでしょうね。――奥様をとても大切に思っていらっしゃる、あれが何よりの証《あかし》でございますよ。何せ奥様は旦那様の」

――大切な、初恋の君でいらっしゃいますからね。

再び眠りに落ちる直前、女中はそんなことを智世に告げた――ように思う。

初恋とはどういうことだろう。もしかして自分は、どこかで宵江と出会っていたのだろうか。

だがそれを問い質《ただ》す前に、心地の好《よ》い微睡《まどろ》みが智世を包み込んだ。

数時間後、すっかり萎《しお》れてしまった宵江が、諸々《もろもろ》のお詫《わ》びにと花を持って再び見舞いにやってきた。心なしか、頭に生えた狼の耳がぺたんと垂れ下がって見える。

――茨斗や流里がさっき部屋を立ち去る直前、智世に教えてくれた。

三日経っても宵江が半妖《はんよう》の姿のままなのは、彼の力が弱まってしまっているせいなのだと。

宵江の力はそもそも、玄永家の当主として人外どもを鎮め、国を、帝都を護《まも》る任務に連日あたっているうちに、少しずつ少しずつ削られていた。そこへ十咬の一件がとどめとなって今やすっかり枯渇しかけており、それでも任務を休むわけにはいかないから、疲れて人の形を保てないでいるらしい。

つまり、自分のことは二の次にして、狼の耳や尻尾《しっぽ》を生やしたまま、この人は毎日、自分ではない誰かのために戦っているのだ。

そう思うと、今まで以上に宵江のことを愛おしく思った。

傍についてくれていた女中が、花を花瓶に生けてきます、と言い置いて席を外した。

智世が起き上がろうとすると、宵江がそれを制した。

「まだ辛いだろう。横になっていてくれ」

「痛み止めも効いてるし、大丈夫よ」

「それでもかなり失血したんだ」

頼む、と宵江が優しい声音で言うので、智世は言うことを聞かないわけにはいかなくなった。

「……済まなかった」

「……もう。謝らないでって言ったのに」

「あなたを咬《か》んでしまったことだけじゃない。今まであなたに話すべきことを話せずにいた」

智世は思わず微笑んだ。

自分のことを気遣うあまり、話したいことが山ほどあるのに何も話せずにいた人のことを、悪くなんて思うはずがない。

「お詫びにお耳と尻尾を触らせてくれたら、許してあげる」

宵江は憮然《ぶぜん》とした表情で、だが素直に、横になったままの智世が触れやすいように尻尾を上下させた。

「……もふもふに見えたけど、毛並み、意外と硬いのね」

「犬ではないからな」

「綱丸はあんなにふわふわなのに」

「あいつはまだ赤ん坊だ」

「その割にはしっかりお話しできるわよね」

「狼一族は高位の妖《あやかし》だからな」

「高位じゃないと話せないの？」

「ああ。他の妖は言葉を話さない。どんなに知能が高くてもだ」

ふうん、と智世は呟《つぶや》いた。普通の人間として生きていたら知らないことばかりだ。

「妖って人間に化けたりするでしょ？　化けてる間もしゃべらないの？」

「話す奴もいる。だがすぐにぼろが出る。妖は獣に近い存在だから、人間の姿になっても知能が追いつかない」

「──獣に」

智世は宵江の頭のほうに手を伸ばした。

「その素敵な獣のお耳に手が届きません」

宵江は嘆息した。だがそれが上辺だけのことで、内心は満更でもなさそうだというのがわかって、智世は思わず笑う。

こちらに覆い被《かぶ》さるようにして、宵江は顔を近づけてきてくれた。

「……きれい」

黒曜石の瞳《ひとみ》が智世を見下ろしている。

うっとりと見惚《みと》れていると、宵江が視線を逸《そ》らす。

「耳を触りたいんじゃなかったのか」

「触りたい」

黒い毛並みに覆われた耳に手を伸ばす。

「感覚はあるのよね。って、当たり前か」

「ああ。それにあなたの声が、人の姿のときよりもよく聞こえる」

――だから、今のこの状態はあなたが気にすることじゃない、と。

そう言われている気がした。

智世はややふてくされた顔をしてしまう。

「……もしかして、全部見透かされてる？」

「さあな。茨斗や流里が何をどう話したのかは知らないが」

宵江はそう言って、智世の手を――宵江の耳からこっそり頭の後ろに移動し、口輪の留め具を外そうとしていた手を離させた。鋭い爪が智世の手を傷つけないよう、慎重に、優しく。

「まだ牙《きば》がある。危ないから触るんじゃない」

「でも、宵江さんの力が元に戻らない限りはずっとその姿だって」

「この姿は嫌か？」

けど、寂しい。宵江がこの姿でいる限りは、智世の前では口輪を外すこともないのだ。

と──智世はひとつ、ばつの悪いことを不意に思い出した。

「……私も、宵江さんに謝らなきゃいけないことがひとつあったわ」

「何だ」

やや逡巡《しゅんじゅん》し、智世は意を決した。

「……立ち入り禁止の書庫に入ってしまったの」

宵江が瞠目《どうもく》する。

「中にあった本を、しっかり読んだわけじゃないんだけど……表紙に雨月家譜とか、玄永家譜とか書かれてた本は、中を少し見てしまったの。ごめんなさい」

「……いつの話だ、それは」

「随分前よ。輿入《こしい》れしてすぐの頃。本当は、来光さんとはそこで出会ったの」

宵江は大きく嘆息した。そこに智世を責める色も、怒りの色も皆無だった。そればかりか、耳が申し訳なさそうにまた垂れてしまっている。

「そうか……」

「宵江さん？」

智世がやや身を起こそうとするのを、宵江が優しく止《とど》める。

「……済まなかった。本当に、もっと早くあなたにすべてを話せばよかった」

その声音もひどく優しい。

「あんな書き方をされていたら、さぞ自分の境遇を不安に思っただろう。それなのに――それなのにあなたは、俺たちを信じてついてきてくれた」

不安に思うことがあったのは本当だ。心が弱っていた日には、本当にこのまま宵江たちを信じていていいのか、揺らいだこともあった。

だがそれをいつも打ち消してくれたのは、宵江の存在だ。

智世は悪戯《いたずら》っぽく笑ってみせた。

「だって私は、由緒ある神凪《かんなぎ》の末裔《まつえい》なんでしょう？」

その言葉に、宵江も表情を緩める。

「……そうだな。俺たち狼の一族を、人間のように生きられるようにしてくれたお方の末裔だ。玄永の初代当主も黒い狼だったから、そこから『玄狼党』と名付けてくれたそうだ」

「玄狼党……」

嚙《か》みしめるように呟いてみる。宵江も毛並みは黒だから、その名がとても似合っている。

「今でも俺たちの通称は玄狼党だ。内務省警保局預公安機動隊じゃ、長すぎて名乗るのも呼ぶのも面倒だから」

智世は思わず笑った。いかにも組織だって戦う者たちという雰囲気でとても恰好《かっこう》いい名前だと思うのだが、この感覚の違いも妖ならではだろうか。

「そういえば、自分で言っておいてなんだけど、私、雨月家が神凪の家系だなんて知らなかったの。父には不思議な力はないのよね？」

「ああ。個人差や性別差もあるんだろうが、恐らくは時代が下るごとに力そのものが徐々に弱まっているんだと思う。初代のご当主は中務省《なかつかさしょう》に所属されていたそうだから」

中務省、と聞いて、智世はすっかり忘れていた疑問を思い出した。

「そうだわ、中務省ってどこかで見たことあるけど何だったかしらって思ってたのよ」

「天皇の補佐だと聞いた」

智世は固まった。そして急激に、女学校で教養として学んだ歴史の教科書の、平安《へいあん》時代あたりの頁がよみがえってきた。

宵江はどこか涼しい顔で続ける――本性が狼の妖である彼には、天皇陛下の補佐という職種がどれほど誉れ高いことなのかを、人間と同じようには計っていないのかもしれない。

「ちなみに配属は陰陽寮《おんみょうりょう》だ」

「……。ってことは……」

「安倍何某《あべのなにがし》に師事していたこともあるらしい」

――ますますお伽噺《とぎばなし》の様相だ。かの高名な陰陽師に随伴するような能力者であったならば、その力はさぞかし強大だったに違いない。

思わず深くため息をついた。全身の力が抜けていくようだ。

「それでその強大な力を駆使して、玄永の初代ご当主と手を組むことにしたのね……」

そうして今に至るまでの長い間、歴史の陰に隠れてひっそりと、この国を護《まも》ってきたのだ。この帝国のどこに、人を害する魑魅魍魎《ちみもうりょう》が実在していて、秘密裏に日々それらと戦って鎮圧してくれている者たちの組織が、国の中心の一端を担う内務省に存在するなどと信じる者がいるだろう。しかもその組織を構成する全員が、狼の妖であるだなんて。

（お母様はきっと、そういうことを最後まで知らないままなのね）

多分そのほうがいい。当たり前の人間として明るく安穏と生きる母はきっと、父にとっての心安らぐ場所なのだ。その笑顔を曇らせるようなことはあってはならないと智世も思う。

母親の顔を思い浮かべると、それは自然に、宵江の母親のことをも智世に想起させた。

「……あの日、お義母《かあ》様にご挨拶《あいさつ》をしたのよ」

宵江は少しだけ驚いた顔をしたが、すぐに合点《がてん》がいったようだった。書庫には仏間から入るしかない。

「いつか、お義父《とう》様にも直接ご挨拶できたらいいな」

「……そうだな。智世さんが元気になったら、父上に会ってもらってもいい頃合いだ」

その言葉には、先に申し出た智世のほうがやや戸惑った。

婚礼の日にすら、衝立《ついたて》越しにしか会えなかったのだ。姿を見せられないほど病で弱っているのではなかったのか。

そう問うと宵江は、ああ、と何ということもないというふうに答えた。

「あれは方便だ。父上は当主の代替わりのとき、俺に力を譲って相当弱ってしまった。常時、耳と尾が出っぱなしになってしまったんだ」

「……え？」

「まあ相当気合いを入れれば一瞬しまえなくもないらしいが、それをすると数日間寝込んでしまうと言っていた。だから滅多に人間の前には姿を見せられない」

それがまるで、本当に何でもないことのような口振りで言うので──智世は思わず笑ってしまった。

笑いごとではないのかもしれないが、義理の父が狼の耳と尾を生やした姿だなんて。帝都中、いや帝国中を探したってそんな妻はいやしない。

「わかったわ。元気になったら、一緒に会いに伺いましょうね」

「──ああ」

宵江は優しく頷《うなず》いた。智世の目からは微笑んですら見える。

彼の表情が動かないのは、本人のもともとの性質なのだろうか。それとも妖《あやかし》の長であるゆえなのだろうか。

──どちらでも構わない、と思う。

智世が宵江のことを好きになったのは、彼が人間だからでも、妖だからでもない。

彼が彼だから、好きになったのだ。

「――その前に」

智世は呟《つぶや》いて、再び手を伸ばした。宵江の後頭部、口輪の留め具にだ。宵江が再び智世の手を摑《つか》んで止めようとするのを、今度は首を横に振って制する。

「智世さん」

咎《とが》めるような声音だが、その瞳《ひとみ》にはどこか心細いような、縋《すが》るような色が浮かんでいる。この口輪を外すとまた傷つけてしまうかもしれない、と。

だがあいにく、智世は手先が器用なほうだ。留め具はすぐに外れ、智世はゆっくりと口輪を持ち上げた。

ようやく、遮るもののない、宵江の顔が目の前に現れる。戸惑うように薄く開かれた唇から、牙《きば》の先が覗《のぞ》いている。

咬《か》まれた喉《のど》の傷が疼《うず》くような気がした。痛みではない。愛する人の生き方も、正体も、すべてを受け止める覚悟を決めたあの日の、灼《や》けつくような甘い疼きだ。

智世は目を閉じた。ここまで勇気を出して行動で示したのだから、きっと応《こた》えてくれるだろうと信じて。

瞼《まぶた》の向こうで、宵江が息を呑《の》んだ気配がする。今さらながらに緊張に身体が強《こわ》ばったが、直後に唇に触れ、そしてすぐに離れていった優しく柔らかな感触に、すぐに全身が弛緩《しかん》する。

壊れ物に触れるかのようなそれはとてもくすぐったくて、智世は思わず笑った。

＊　＊　＊

——さだみつ、と、目の前の肉塊が呻《うめ》く。

血の滴る食糧が。

彼は喰《く》った。

女の肉を。

自分の命を長らえさせるために、目の前の食糧を、腹が膨れるまで喰い続けた。

なぜ自分の命を長らえさせたいと思ったのか、喰っている間は頭からすっかり吹き飛んでいた。

彼は我に返った。

目の前の食糧は、物言わぬ肉塊の、さらにその残骸《ざんがい》となっていた。

喰い散らかしたのは——自分だ。

彼は叫んだ。
嘆くための言葉も、再び失ってしまった母親を呼ぶための言葉も、彼は持たなかった。
だから、ただ叫んだ。
叫びながら――どうしてこうなってしまったのかと、泣いた。
何が足りなくて、こうなってしまったのだろう。
何があれば、こうはならなかったのだろう。
自分を愛し慈しんでくれる存在を、なぜ自分は。
――貞光、と。
誰ももう、彼をそう呼ばない。

第五章　玄《くろ》い狼

数日後、智世がすっかり回復するまでの間に、花井伯爵邸での舞踏会は中止になっていた。

それでなくとも呑気《のんき》に舞踏会などに列席している場合ではなくなってしまったので、宵江は参加取り消しの連絡を花井伯爵に入れようとしていたのだが、それより先に先方から、情勢を鑑《かんが》みて今回は取りやめるという連絡があったのだ。幸い花井伯爵はパーティー好きで、一度参加の機会を逃してもまたすぐに次の機会がやってくる。智世は、あの若菜色のドレスを着て、宵江と腕を組んで出かける場がなくなってしまったのを少し残念には思ったけれど、楽しみが少し延びただけだとも考えた。

他に変わったことといえば、智世の世話係に女中たちが交代で付いてくれるようになったことだった。もう女中たちが智世の前で正体を隠さなくてもよくなったからでもあり、十咬が未《いま》だ療養中だからでもある。大人でさえ獣の姿に戻ってしまったら完全に人間の姿になるまでにかなりの療養期間が必要らしく、まだ少年である十咬であればなおさらなのだそうだ。だからお前は半人前なんだよ、とは茨斗の言である。

一方、宵江はすっかり元の人間の姿に戻っていた。あの、ほんのささやかな接吻《せっぷん》――というより、呼吸をほんの少し分け与えただけの行為が、こんなにも覿面《てきめん》に効果を発揮するとは智世も驚きだった。改めて、自分が知らず秘めていた力のことを思わずにはいられない。ようやく自分も、自分のやり方で皆の役に立てたことが、嬉《うれ》しくて堪《たま》らなかった。

だがその喜びはすぐに、緊張感に取って代わった。

宵江が元の姿に戻ったことで、次なる作戦行動へ移行することができるようになったらしい。そしてそれには智世の力が必要だと言われ、この後の作戦会議に参加することになったのだ。

作戦会議は屯所ではなく、屋敷の食堂で行なわれるという。これは屯所に公安機動隊以外の者を絶対に入れない、場所も明かさない、という宵江の指示によるものだった。作戦に参加する一員で、そしてそれが妻であっても、特別扱いせず強固に規律を守る彼の姿勢に、智世は内心惚《ほ》れ直さずにはいられなかった。

背筋を伸ばして屋敷の廊下を歩く。

宵江たちの待つ食堂へ向かう途中、来光とすれ違った。

ここしばらくの騒乱の中、一度も姿を現わさなかった宵江の兄。

獣の性《さが》の強さのあまり、人間と歩み寄ることのできない――妖。

「たかが人間のお前に何ができる」

すれ違いざま、来光が吐き捨てた。

智世は振り返る。

もうこの人を、怖いとは思わなかった。

「それをこれから見つけに行くんです」

来光は舌打ちし、去っていく。

智世は再び前を向いた。


食堂には宵江と、その使用人——否、側近たちが揃いの黒い制服姿で並んでいた。智世を出迎え、一礼する。

内務省警保局預公安機動隊『玄狼党』一番隊隊長、玄永茨斗。

二番隊隊長、玄永流里。

三番隊隊長、玄永紘夜。

離れには彼らのさらに配下の隊員たちが待機している。皆、玄永の一族の者たちだ。

同じ、玄《くろ》い狼の群れの一員である。

よろしく、と茨斗がいつものように笑ってくれた。肩に入っていた余計な力がそれで抜けていく。改めて彼らを見渡すと、見慣れた制服姿のはずなのに、姿勢を正して整列している様がなんだかとても凛々《りり》しく、いつも以上に恰好《かっこう》よく感じる。

「まずは智世さんに、俺たちが具体的に一体何と戦っていてこれから何をしなきゃいけないのか、それを説明しないとですね」

茨斗は言いながらテーブルに大きな地図を広げた。帝都の地図だ。赤や黒でたくさんの印が付けられている。

紘夜が几帳面《きちようめん》に綴《つづ》られた資料を捲《めく》った。

「被害件数の内訳の情報共有を。まずここ日本橋区では――」

「数字なんかどうだっていいですよ。情報共有なら後で紙で寄越《よこ》してください。相変わらず頭でっかちなんですから」

流里が遮り、紘夜が何だと、と噛《か》みつく。これもまたいつも通りの光景で、智世はほっと息をつく。作戦会議だからと無理に厳《いか》めしく振る舞わなくてもいいのだと思うと少しだけ気が楽になった。

宵江が口を開く。

「俺たちが戦っている人外どもは、もともと有象無象《うぞうむぞう》の集まりだった。いや、集まってすらいないな。帝国中にはびこる魑魅魍魎《ちみもうりよう》どもが、人間に悪さをする。妖《あやかし》にとってはほんの悪戯《いたずら》でも、人間にとっては命を脅かされることがある。そういう妖どもは国中にいて、玄永の精鋭を少人数ずつ各地に派遣しているが、一番たちが悪いのが帝都にいる奴らだ。人間の数が多い場所にほど集まってくるからな。だから俺たちが出動し、討伐する」

「……来光さんが玄狼党に入らないのは、それが理由でもあるのかしら。人間のために仲間を討伐しないといけないから」

いや、と宵江は首を横に振る。

「種族の違う妖との間に仲間意識は一切ない。むしろ縄張りを荒らす敵だと思っている。来光は狼の一族としての矜持《きょうじ》が人一倍強いから、他の妖どもに対する敵愾心《てきがいしん》は俺たち以上だと思う」

それは——何だかとても、生きづらいのではないだろうか。

妖たちを排斥したら、同じく排斥したい対象である人間を助けているのと同じになってしまうのだから。

その性質ゆえに長子なのに家督を継げなかった。それなのに大人しく屋敷でほとんど蟄居《ちっきょ》している状態なのだから、むしろ褒められて然《しか》るべき——なのだろうか。玄狼党に協力はしてくれなくても、その活動の邪魔もしないのだから。例えば、敵と通じてこっそり内部に引き入れ、組織の内側からの崩壊を目論《もくろ》むとか。

(でもそんなの、来光さんに何の利益もないものね)

それに人間を嫌うのと同じくらいに他の妖を嫌っているのなら、手を組むはずもない。

——だが、

(……あれ?)

何かが引っかかった。

——敵を、こっそり内部に引き入れる。

（……何かしら。今、何か）

——思い出しかけたような。

宵江が続ける。

「その有象無象の中に、たまに高い知能を持つ奴がいる。妖どもは獣に性《さが》が近いから、自分より弱い奴はすぐに殺すか、自分の配下にする。高い知能を持つ奴は後者だ。何か目的を持っていて、その目的のために下級の妖どもを自分の手足のように使う。一連の辻《つじ》斬り事件を、俺たちはそれだと踏んでいる」

智世は口もとに手をあてる。

「普通、妖は武器は使わないのに、辻斬り事件では使っていたのよね？」

「俺たちに知能を誇示しようとしてたんですよ、その親玉は」

茨斗が苦々しげに答える。

「お前ら玄狼党の敵は、有象無象に武器を扱わせることができる、そんな命令ができるほど高位の妖なんだぞーって。うるせーって感じですよね」

大体、と紘夜が嘆息する。

「妖がわざわざ力を誇示してくるなんて、目的は一つしかありませんしね」

「目的？」

智世には皆目見当も付かない。すると流里が皮肉げに笑った。

「敵さんは身の程知らずにも、お前らの親玉を出せ、って言ってきてるんですよ」

思わず宵江のほうを見る。宵江は頷《うなず》いた。

「理由はわからないが、向こうは俺と戦いたがっている」

「どうせ力比べか何かでしょ。だから俺たち、本当は宵江さんを担ぎ出したくなかったんですよ。だって敵の思い通りになるのって癪《しゃく》じゃないですか。なのに十咬の奴がヘマやらかすから」

「あれがなくても遠からず俺も奴らと戦うことになっていただろう。奴らは流里にあんな深手を負わせたんだ。舐《な》めてかかって勝てる相手だとは思わない。狼相手に土中から奇襲を掛けられるだけの頭があるんだからな」

そうですけどー、と茨斗は子どものように口を尖《とが》らせる。

智世はおずおずと問う。

「あの……その敵の親玉って、もう誰だか判明してるの？」

ええ、と流里が頷く。

「僕らは鼻が利きますからね。あの湿った土みたいな臭いは、十中八九」

——土蜘蛛でしょう。

宵江たちも頷いた。

紘夜がまた資料を捲る。

「一連の辻斬り事件の犯人に土蜘蛛《つちぐも》は一匹もいませんでした。すべて別の妖どもです。ですが現場には土蜘蛛の臭いも、そして奴が扱う糸の切れ端も残されていた。糸は恐らく故意に残したものと思われます。うっかり自分の痕跡《こんせき》を残すなんて、そんな無様なことをするような相手ではないと思うので、俺たちの鼻を利かなくさせる目的もあるのかと」

「例えば現場に急行した俺たちの外套《がいとう》にでも糸が引っかかったら、糸からも土蜘蛛の臭いがしてきて、俺たちを一瞬攪乱《かくらん》して足止めすることができますからね」

確かに、と智世は思い至る。宵江は何度か、智世の周囲を嗅《か》ぐような動作をしては、奴の臭いがする、と顔を顰《しか》めていたことがあった。

だがそれよりも訊《き》きたいことがある。

「……土蜘蛛って、蜘蛛？」

智世の問いに、その場にいる全員が妙な顔をした。

「そりゃそうですよ」

茨斗が言う。それはそうだ。彼の言う通りである。

智世はだらだらと冷や汗を垂らした。

「……そうよね。蜘蛛よね」

「智世さん、もしかして虫が苦手ですか」

流里が問うてくる。智世は俯《うつむ》き加減に頷いた。紘夜はなぜか納得顔である。

「人間の女性はやはり高確率で虫が苦手なんですね。興味深いです」

「あ、あな、あなたたち平気なの？　あんなに脚がいっぱいあるのに？　あんなに予測不能な動きをするのに!?」

まあ、と三人が顔を見合わせる。

「妖って基本的に予測不能な動きをしますしねぇ」

「脚がいっぱいある妖も珍しくないしな。綱丸もよく小さいのを捕まえてくる」

「俺、昼間に基本的に直角にしか動かない百足《むかで》の妖斬りましたよ」

よくありますよね、と三人揃って頷いた。

鳥肌が立った。

まさかこんな思わぬ落とし穴があろうとは。思わず傍にいた宵江に縋《すが》りついてしまう。

「智世さん」

宵江はひどく申し訳なさそうな声音で言った。

「土蜘蛛は、ものすごくでかい蜘蛛だ」

「なんで今そんなこと言うのよぉ〜……」

智世は思わず項垂《うなだ》れてしまった。

ということは、土蜘蛛が化けた人間の足もとを見たら、その影は脚がうじゃうじゃ生えた巨大蜘蛛に見えてしまうということだ。

茨斗が気遣わしげに智世の顔を覗《のぞ》き込んでくる。

「大丈夫ですよ智世さん。でかいって言っても二メートルぐらいなんで」

その情報は智世を欠片《かけら》も慰めはしなかった。

「そうですよ。蜘蛛だって二メートルもあれば、大きすぎて逆に笑えてきますよ」

「でかい蜘蛛を前にして失笑しながら軍刀を振り回すのはお前ぐらいだぞ、流里」

二人の意見はともかく、宵江が言う。

「妖《あやかし》は高位になればなるほど、元の姿は現わさない。俺と戦いたがっているということは、向こうは自分の立場を強く見せたいと思っているはずだ。だから恐らく巨大蜘蛛の姿を晒《さら》すような真似はしないと思う」

それに——と宵江は低く続けた。

「土蜘蛛自体、もともと他のどの妖よりも巧妙に人に化ける妖なんだ。知能をつけた高位の土蜘蛛なら、まず人間との見分けはつけられない。今回の土蜘蛛の知能の高さからしても、変化後《へんげ》は恐らく言葉も人間のように話せるだろう」

「加えて臭いの攪乱です。正直、ほんとどうしたもんかなーって思ってたんですよ。智世さんの能力のことを聞くまでは」

茨斗は片目を瞑《つぶ》ってみせた。

人間と見分けがつかないほど正確に人間に化け、言葉も自由に操る。

自分を追う狼の鼻が利くのを逆手に取り、攪乱する。

そうして罠《わな》を張り、周囲の力を徐々に削《そ》ぎ落として、こちらの頭領である宵江が出ざるを得ない状況を作り出す。

文字通り、巣の中心で待ち構える狡猾《こうかつ》な蜘蛛だ。糸を張り巡らせて、一番大きな餌が掛かるのを虎視眈々《こしたんたん》と待っている。

「土蜘蛛が棲処《すみか》にしているのは、恐らくこの辺りだろうと思う」

宵江は言って、地図のある地点を指した。玄永の屋敷よりも北の一帯に印が付けてある。上野《うえの》の辺りだ。

「この辺りが特に土臭いんです。先行調査のとき、鼻が曲がりそうでしたよ」

流里が顔を顰める。

智世はじっと地図を見つめる。そこには家一軒一軒に、どこに誰が住んでいるのかまでが詳細に記してある。

「花井……伯爵邸」

印の中心にあるのは、宵江と智世に舞踏会の招待状を送ってきてくれた、あの花井伯爵の邸宅だった。

何事もなければ宵江と連れ立って参加する予定だった舞踏会。智世が寝込んでいる間に中止になっていた。

——人に化ける妖。

背筋が冷えた。

「まさか……」

最悪の事態が頭をよぎる。まだ花井伯爵その人には会ったことはないけれど、宵江の口振りからして、好ましい人物なのであろうことは想像できた。だから会えるのを楽しみにしていたのだ。

そんな心中を察してか、宵江は少し目もとを緩めた。

「もし土蜘蛛が化けているにしても、花井伯爵本人にではないと思う。先月、舞踏会の招待をもらう少し前に、海外に留学していた子息が一時的に帰国していると伯爵がおっしゃっていた。そのときはそれを疑いもしなかったが」

宵江はもう一度、地図上の花井伯爵邸を囲む印を指さす。

「蜘蛛は蜘蛛なりに知恵を働かせたんだろう。不自然に思われない形で人間社会に潜り込めるように。――恐らく奴は、伯爵の息子に化けている」

「もし伯爵を殺して成り代わったんじゃ、早々に俺たちにばれてとっ捕まって、宵江さんと戦うどころじゃなくなりますしね」

茨斗のその言葉の意味がよくわからずにいると、気付いた流里が補足してくれた。

「妖が人間を襲うときに放つ、妖だけが察知できる殺気のようなものがあるんですよ。奴らがいる大まかな方向しか嗅《か》ぎ分けられない僕らが、辻《つじ》斬りや何かの事件現場に急行して犯人を討伐なり捕縛なりできるのは、その殺気の出所に向かえば済むからです」

「難点は人間を襲ってくれないと、その殺気の出所がわからないところだけど」

茨斗がぼやく。なるほど、だから自分の、妖の影を見分けられる能力が必要なのか。

人間が襲われてしまう前に、妖を見分けて捕縛ないし討伐するために。

「だからできるだけ無駄に人を襲わずに、人間になりすまして、宵江さんをおびき寄せようとしたのね。本当に巣を張って餌を待ち構える蜘蛛《くも》そのものだわ」

「それだけじゃありません。奴はその後も配下の魑魅魍魎《ちみもうりょう》たちに辻斬り事件を起こさせて、俺たちの戦力を削ぎにかかった」

苦々しげに紘夜が呻《うめ》く。

だが——ふと引っかかった。

「……どうして舞踏会の前に辻斬り事件の件数を増やしたのかしら。土蜘蛛はきっと、武装していない宵江さんを不意打ちで襲うつもりで、舞踏会で待ち構えようとしていたんでしょ？　でも辻斬り事件なんて増やしたら、こちらが舞踏会どころじゃなくなるなんて、わかりそうなものだと思うんだけど」

「確かに。舞踏会におびき寄せたかったんなら、完全に悪手ですね」

腕組みをして茨斗が呟《つぶや》く。

「……目的が変わった、とか？」

例えば、と紘夜が促すと、茨斗は頭を掻《か》いた。

「わかりませんけど、例えば……舞踏会は何重にも張っていた策の中の一つに過ぎなくて、別に張ってた策のほうがうまくいきそうな芽が出てきたから、そっちに作戦を変更した、とか？」

「先代からの馴染《なじ》みの伯爵邸での気心知れた舞踏会以上に、宵江さんを油断させて戦いを挑んで勝てそうな機会を見つけたっていうんですか？」

刺《とげ》のある流里の言葉に、だからわかりませんって、と茨斗はぼやく。

しかし紘夜が身を乗り出した。

「その線はあるかもしれんぞ。自分の領域に宵江様が飛び込んでくるのを待たずとも、もっと確実な方法が——例えば、土蜘蛛本人がこちらの領域に飛び込んでくる方法でも見つけたのだとしたら、あるいは」

——敵を。

こっそり内部に引き入れる。

ぞく、と背筋を嫌なものが這《は》った。

疑いたくなどないのに、どうしてもさっきすれ違った来光の、こちらを見る冷たい眼光を思い出してしまう。

——たかが人間のお前に何ができる。

まるで——妖である自分には、他にできることがあるとでも言いたげな。

智世は視線を床に落とす。宵江も、茨斗も、流里も、紘夜も、影は狼の形だ。

だが来光は。

さっきすれ違ったとき、智世は来光の影の形を見なかった。

（……私、来光さんを疑ってる。本当にあれが来光さんだったのか）

玄永家の敷地の周囲には結界が張られている。そのため他の妖が敷地内に入ることはできないと聞いた。でももし——その姿が玄永一族の誰かだったら？

智世はよろめいた。その拍子に足もとの、自分の影が見えた。

——蜘蛛。

「……っ！」

思わず後ろに倒れてしまう。

宵江が慌てて振り向き、手を差し出してくる。

「智世さん？」

「来ないで！」

智世は己の影を凝視する。見間違えようもない異形の影。

腕をめちゃくちゃに振り回し、叫ぶ。

「私に触ったらだめ！　蜘蛛が——！」

咄嗟《とっさ》に側近の三人が軍刀の柄《つか》に手を掛ける。だがそれ以上動けずにいる。

宵江は迷わず智世を抱き起こした。

「落ち着くんだ。蜘蛛がどうした」

「私の影に、蜘蛛が……っ」

だが次の瞬間——智世の影に取り付いていた蜘蛛の影が姿を消した。

智世の足もとには、ただの人間の——智世自身の影が黒々と落ちているだけだ。

荒くなった呼吸を落ち着かせるように、宵江の手が智世の背中を撫《な》でる。

「……やはり入り込んでいたか」

宵江が顔を上げ、またイヌ科の獣が臭いを辿《たど》るような動作をした。

「ずっと臭いが消えないとは思っていた。まさか本当に侵入されるとはな」

「斥候ですかね？」

いつになく剣呑《けんのん》な表情で、軍刀の柄から手を離さないままに茨斗が言う。

「いや、そこまで強くない。下級の魑魅魍魎ですらないだろう。何かの軽い術かもしれない。だがやはり人間である智世さんには影響が強いようだ」

言いながら、宵江は軽く抱きしめてくれる。それでようやく呼吸も、早鐘を打っていた心臓も落ち着いてきた。

流里が軍刀を鞘《さや》に戻す音がした。鯉口《こいくち》を切っていたらしい。

紘夜が言いづらそうな顔で口を開いた。

「やはり結界の力が弱まっています。言いたくありませんが、それはつまり」

「……わかっている。当主である俺の力が一度大きく弱まったからだろう。綻《ほころ》びはそう簡単には修復できない」

宵江は静かな声音で言った。そして智世の背中を軽くさすってくれる。

「立てるか」

「……ええ。もう大丈夫」

ごめんなさい、と呟いて、差し出された手を取る。

流里が嘆息し、髪を掻き上げた。

「やはり事は一刻を争うようですね。悠長に作戦など立ててはいられないようです」

「結局のところ、妖《あやかし》相手に作戦などあまり意味がないしな。予定通り、お前たちの部隊で三方を固める手筈《てはず》でいこう」

宵江の言葉に紘夜は頷《うなず》き、敬礼した。

「三番隊、出ます」

「ああ。頼んだ」

宵江が答えると、紘夜はすぐに退室していった。

智世は宵江の手を取ったまま、彼を見上げる。

「これから花井伯爵邸へ向かうの？」

「ああ。もっと準備を万端にできればと考えていたが、敵に入り込まれているならば今夜中にも片を付けたい。一緒に来てくれるか。敵に警戒されないよう、ただの訪問者を装って行く」

宵江はそう言ってくれたが、智世には解せないことがある。

「でも、土蜘蛛が花井伯爵のご子息に化けてるってもう見当が付いてるんでしょう？　私が行って意味がある？　訪問者を装うにはいいかもしれないけど、却《かえ》って足手まといになるだけなんじゃ」

ああ、と茨斗が軽い調子で横から口を挟む。

「さっきの俺たちの仮説、全然信憑性《しんぴょうせい》のないただの予想なんで、話半分で聞いてください」

「――え？」

「俺たちは考え方や気性がちょっと人間寄りですけど、相手は知能が高いとはいえ純然たる妖ですからね。俺たちの理《ことわり》なんて通じません。いろんな可能性を考慮したほうが任務の成功率がちょっとだけ上がって、隊士の生存率もちょっとだけ上がるからそうしてるだけで、敵が俺たちの予想しなかったことを考えてる可能性も――何も考えずにただ本能に従って事件を起こしてる可能性だってあるんですよ」

だって、相手は獣と同じですから。

茨斗の言葉に――ぞくりとした。

「だから本当に花井伯爵の息子さんになりすましてるのかどうかなんて、俺たちには全然わかりません。別に誰にも化けたりせずに、伯爵邸の敷地内の、例えばどっかの蔵の中にただただ身を潜めてる可能性だってある。使用人に化けてたりもするかもしれないし。本当はそういう可能性を一つずつ当《たた》たって調査していって、一つずつ潰《つぶ》していって、最後に残った敵を確実に叩く、ってのができれば一番いいんですけど、何せほら、時間もないですしね。宵江さんまたいつ耳と尻尾《しっぽ》が出ちゃうかわかりませんし―」

茨斗は外套《がいとう》と制帽を身につけた。

「そんじゃ、奴らに気取られないように一番隊も遠回りで合流しますんで。また後で―」

手を振りながら、茨斗も去っていく。

彼の背中を見送りながら、流里が嘆息した。

「あの人、緊張すればするほど道化のように振る舞うの、どうにかなりませんかね」

うちの隊の平隊士たちが得体が知れないって怖がるんですよ、と言う流里に、宵江が告げる。

「お前が緊張すればするほど皮肉っぽくなるのを、他の隊の隊士たちが怖がっているのと同じだな」

「……似たもの同士って言いたいんですか」

心外です、と吐き捨てて流里も出て行く。扉が閉まる直前、また後で、と言い残して。

居間には二人きりになった。智世は自分の意思とは関係なく、身体が震えてしまうのを感じる。

これからいよいよ敵の本拠地に乗り込むのだ。

そして智世には大きな役目が与えられた。花井伯爵邸の誰が土蜘蛛《つちぐも》なのかを、その影を見て見極める。そしてそれを迅速に宵江に伝える。宵江の指揮で、事前に屋敷の周囲を取り囲んでいた各隊が動き、玄狼党総員の力をもって土蜘蛛を——討伐する。

正直、とても怖い。母を、そして大切な人たちをあれほど傷つけた相手のもとに乗り込むのだから。

だが宵江と二人なら。

宵江を見上げると、彼は目もとを緩めた。これは宵江なりの微笑みの表情なのかもしれない。

智世は自室に用意された左側の箪笥《たんす》の中の、上等な着物を着て行こうと決めた。

この任務は絶対に成功させなければならない。そのためには、伯爵邸に初めて挨拶《あいさつ》に向かう玄永家当主の新妻として、完璧《かんぺき》に振る舞わなくては。

今夜だけは恐怖や緊張などおくびにも出さず、任務遂行のことだけを考えねばならないのだ。


──街で夕食を済ませた若い夫婦が、近くまで来たからと世話になっている人の邸宅まで手土産を持って立ち寄った──というふうに、傍《はた》からは見えていただろう。

芝居は完璧だったはずだ。宵江は表情が表に出ないたちであるし、智世は物慣れない箱入り娘ではない。使命のために、と多少肩に力は入っていたかもしれないが、任務はつつがなく進行していた──はずだ。宵江が用意してくれていた高価な生地の訪問着は、胡粉《ごふん》色に薄紅梅の柄が柔らかく、いかにも優しげな印象を与える。本当はこんな日にではなく、もっと穏やかで温かい気持ちの日に袖《そで》を通したかったけれど。

目の前には花井伯爵邸が聳《そび》えている。まるで西洋の城のような洋館である。清潔感のある象牙《ぞうげ》色の壁に、青碧《せいへき》の屋根が異国情緒を漂わせていて美しい。

門番に取り次ぎを頼むと、すぐに門が開かれた。宵江は花井伯爵邸には父親に連れられて何度も来たことがあるという。伯爵邸の使用人たちも馴染《なじ》みの顔ばかりなのだ。その宵江が今夜は妻を連れているということで、何だか微笑ましいような表情をしてくれたり、お美しい奥方様ですね、とお世辞を言ってくれたりする。初めて宵江の妻として対外的にも認められた気がして、こんな時なのになんだか誇らしかった。

　その気持ちに勇気をもらい、後押しされるような思いで、洋館の重厚な扉の前に立った。

　使用人によって内側から開かれた扉の隙間から、屋敷内のあたたかい灯《あか》りが漏れてくる。

　宵江の身体がわずかに警戒で強《こわ》ばった。腕を取っていなかったら気付かなかったほどのわずかな動きだ。

　扉の向こうに、若く、誠実そうな青年がいた。宵江と同い年ぐらいの、品の良い洋服に姿勢も正しく、どこかの若い華族かと思わせる佇《たたず》まいの――

「――あ」

　思わず声が出た。

　百貨店からの帰り道、髪が服の釦《ボタン》に引っかかって、糸切りばさみで切ったときの――

　あの。

　宵江が流れるような動作で腰の軍刀に手を伸ばした。

　青年は――花井伯爵の子息は、呆《ほう》けたような顔でこちらを見ている。

　智世はすぐに我に返って、慌てて彼の足もとを見る。玄狼党の皆は、この人物こそが土蜘蛛ではないかと目していたのだ。だが、部屋の灯りにぼんやりと浮かび上がっている彼の影は。

——人間。紛れもないただの人間の影だ。

違う。

「この人じゃない！」

智世は慌てて小さく叫ぶ。

そのとき玄関ホールの向こうから、智世の父ほどの年齢の、上品な洋装の男性が出てきた。子息にとてもよく似ている。伯爵、と宵江が呟《つぶや》く。それではあの人物が花井伯爵か。

「父上、お客様です」

子息が花井伯爵に言って、扉の脇によける。花井伯爵は穏やかそうな顔に陽気な笑みを浮かべた。

「おや、玄永くんじゃないか。奥方まで、これはようこそ」

歓迎の意を示すかのように、花井伯爵は両手を広げる。

その足もとに落ちた影は。

床にくっきりと浮かび上がる——その異形の影は。

「——蜘」

蛛、と——最後まで声にできたかどうかはわからない。

視界が急に、まるで一瞬で暗幕を引かれたように真っ暗になったのだ。
数呼吸遅れて、ひどい痛みが両目を灼《や》いた。
——智世、と叫ぶ声が、傍で聞こえた気がする。
気がする、だけだ。
ただの夢かもしれない。
もう——何もわからない。

＊　＊　＊

彼は他の、彼に似たものたちに比べて、あまりに知能が高かった。
自分を育ててくれた女を殺し、その肉を喰《く》ってしまった理由を、彼はすぐに理解した。
女が人間だったからだ。
そして——自分が妖《あやかし》だから。
妖にとって、人間は食い物だ。精気だけを吸い取る者もいれば、肉を喰らう者もいる。
彼は後者だった。
力の弱い下等な妖にとっては、人間はそう易々《やすやす》と害することのできるものではない。

まして殺すことなど。殺すことができてしまった時点で、彼は既に下等な妖ではなかった。

女は自分を愛し慈しんだ。
だから女のために、自らの身体を殺してはいけないと思った。
だがそれを実行するためには、女を殺して肉を喰わねばならなかった。
周囲には女のほかに、人間がいなかったから。
命を繋《つな》いでくれるだけの食い物が、他になかったから。

彼は考える。
女の愛を――失わないためには、どうすればよかったのか。
人間を喰わずに生きるためには、どうすればよかったのか。

そうか、と彼は思った。
――もし、自分が人間に近いものであったなら。
そうすれば人間を喰わずとも生きられた。
愛した女を――殺してしまわずとも生きられたのに。

彼に似たものたちの中に、そういうものたちがいることを聞きつけた。

奴らは妖でありながら、人間のように振る舞って、人間面《づら》で妖どもを討伐していた。

彼とて、縄張りに入ってきた妖は殺す。他の妖とて、彼がもし縄張りを荒らしたなら、彼を殺そうとするだろう。

だが奴らはそうではなさそうだった。

縄張りから邪魔者を排除するためというよりも――ただ人間を護《まも》り、共存するために、そうしているように見えた。


――狡《ずる》い。


自分たちだけ、狡いではないか。

自分は、愛する女を殺してしまったのに。


欲しい、と彼は思った。

自分も、その力が欲しい。

人間のように振る舞って、人間のような顔をして生きる力が。

自分にはその力がない。

だから失った。殺してしまった。

――力がないのなら。
それを持つ者から、奪えばいいのだ。

第六章　伯爵邸の子息

一瞬呼吸が詰まって、その苦しさで目が覚めた。

はくはくと浅い呼吸を繰り返す。

まだ――夜中か。真っ暗だ。月明かりもない。

智世は努めて深く呼吸をし、息を整える。

柔らかい感触に包まれている。寝台に寝かされているのだろうか。

何かが寝台に飛び乗ってきて、布団がそちらへほんの少し傾いた感じがした。指先を湿った温かいものがぺろりと舐《な》める。

「……綱丸？」

はい、と綱丸が答えて、智世の掌《てのひら》の下に潜り込むような動作をした。撫《な》でてくれと言われているような気がして、智世は思わず微笑み、その柔らかい毛並みを撫でる。

――玄永の屋敷に戻ってきたのか。

一体、自分はどうしたのだったか。

宵江と二人で、花井伯爵邸の玄関から屋敷に入って――それから。

（……だめだわ。思い出せない）

花井伯爵邸に向かったのは夜の八時か九時頃だ。今もまだ真っ暗だということは、意識を失ってからそんなに時間は経ってはいないのだろうか。それともまた数日間眠ってしまっていたのか。

わう、と綱丸が扉の外に向かって小さく吠《ほ》えた。

おくさまがめざめました、という舌っ足らずな言葉に聞こえた。すると扉の外から、それを聞いた誰かが入ってくる。

「智世様」

十咬の声だ。耳に届くのは獣の唸《うな》り声だが、やはりきちんと言葉としてそう聞こえる。木の床を、四つ足で歩く獣の爪が触れる音がする。

智世は少しだけほっとした。

「十咬くん、歩けるようになったのね」

「はい。ご心配をおかけしました」

「まだ人間の姿には戻れないの？」

「……はい」

十咬が恥じ入るようにそう呟《つぶや》いた。責めたいわけではなかったのに、要らぬことを言ってしまった。しかし十咬が続けた言葉は、智世の想像よりもずっと深刻だった。

「今、玄永の敷地内には僕と女中たち、救護係しかおりません。戦える者が一人もいないんです。残っている全員で力を合わせて、何とか結界を維持するので精一杯で」

そうか、と思う。だから十咬は自分の力を、人間の姿に戻ることに割けないのだ。

「玄狼党のみんなは誰も屋敷に戻ってないの？」

「はい。何名かの隊士が怪我をされた智世様を屋敷に送り届けてくれましたが、僕や救護係にその場を任せてまたすぐに現場へ戻ってしまいました。戦場が街中の洋館なので、周囲の人間たちに戦闘の様子を見られないように結界を張ったりしなければならず、人員が足りないようで。ただでさえ相手は強敵なのに」

僕がもっとお役に立てれば、と十咬は悔しそうに唸った。

「……宵江さんたちも、まだ戦っているのね」

「はい。詳しい戦況はわかりませんが、相当に苦戦しているものと。敵は巧妙に人間に化けると聞きました。それに蜘蛛《くも》の妖《あやかし》ですから、巣だとわかっていて飛び込むなんて本来は自殺行為なんですよ」

迎え撃つほうは戦場の内部構造だって熟知しているし、敵を罠《わな》に掛けることも容易だろう。攻め入ってくる敵に背後から奇襲を掛けたり、敵が混乱しているその隙に易々《やすやす》と逃げ出すことだって可能に思われる。

――宵江たちはそんな場所で今も戦っている。

智世は自分の役割を果たせただろうか。意識を失う直前のことを必死に思いだそうと記憶を手繰る。

洋館の扉が開いたら、確か中に人がいたのだ。一人、いや二人。

一人は――花井伯爵の子息。そしてもう一人は。

――蜘蛛の影。

「……っ」

頭に激痛が走る。頭というよりも、目の奥だ。抉《えぐ》れるように痛い。

「智世様！」

十咬が寝台の下でおろおろしている気配がする。

自分の頭を抱えるように押さえて、智世はようやく気付いた。

頭をぐるりと囲むようにして、何か布か包帯のようなもので両目が覆われているのだ。

心臓が嫌な速さで打っている。

「……十咬くん」

問う声が震えた。

「今、何時？」

十咬が辛《つら》そうに唸った。

「……正午を過ぎたところです。智世様は花井伯爵邸で、敵の不意打ちを――両目に受けてしまわれたんです」

救護係が言うには、智世は視力を一時的に失ってしまっているだけとのことだった。

物理的な攻撃によってというよりは、何か呪術《じゅじゅつ》のようなもので、眼球そのものには傷をつけずに、見るという能力だけを奪われている状態のようであるらしい。ひょっとすると花井伯爵邸にはそもそもそういう呪《じゅ》をこめた糸が張り巡らされていて、智世はその糸を両目に喰《く》らってしまったのではないか、と救護係は推測した。

それはとても納得できる説明だった。と同時に恐ろしさが這《は》い上《のぼ》ってくる。

——もしその推測通りであるならば、敵は智世の能力を知っていたことになる。

術が解ければ視力もすぐに戻ると聞き、何とか恐慌状態に陥らずには済んだ。だが、妖にかけられた呪が解けるとしたら、それは術をかけた妖が自主的に術を解除するか、もしくはかけた術を維持できなくなるまで妖が弱るか——あるいは死ぬかのいずれかであるという。いずれにせよ土蜘蛛との戦闘に決着がつくまで、智世の目は役立たずのままだということだ。

頭が覚醒《かくせい》していくのと同時に、記憶が徐々によみがえってくる。土蜘蛛はあのとき、子息ではなく花井伯爵に化けていた。ずっとそのようにして花井伯爵邸に身を隠していたのかどうかはわからない。それ以前は宵江たちの予測のように子息に化けていて、あの夜、宵江たちを出し抜くために伯爵本人に化け直したという可能性もある。何しろ敵は明らかに宵江を、そして智世を待ち構えていたのだから。

本物の花井伯爵は恐らく気絶でもさせられて、屋敷のどこかに隠されていると思う、と救護係は言った。

——妖は獣のようなものだと、玄永家の誰もが言う。獣であれば餌を殺すだろう。殺すつもりでそうするのではなく、喰うつもりでそうする。

（……一連の辻《つじ》斬り事件からずっと、一人も死人が出ていない）

餌ではないのだ。少なくとも土蜘蛛にとっては、被害者となった人間たちは。

ばらまかれた疑似餌《ぎじえ》におびき寄せられて、蜘蛛の巣に引っかかったのは。

土蜘蛛が戦いたいと望んでいた——宵江だ。

「……そんなに強敵と戦いたいって思うものかしら」

智世にはわからない。たとえ智世自身に戦う力が備わっていたとしても、それを行使して積極的に誰かと戦いたいとは思わないだろう。できればこの力を使わずに済めば一番いいのに、ときっと思う。

傍に控えていた十咬が唸った。

「妖の本能が強い者ほど、よその縄張りの頭領と戦いたがるんですよ」

やはりそれも、妖が獣に近いということなのだろうか。

「土蜘蛛は狼の縄張りを奪いたがっているということ？」

「それが動機としては一番納得できます」

「そういうものかしら」

「少なくとも僕らはそうです。僕らも——妖なので」

縄張りを奪って、そしてどうするのだろう。玄永一族は何も妖たちの王などではない。人間と手を組んでいるという意味では、一種の外れ者だ。誇り高い妖にとっては、それは耐えがたいことなのではないのか。来光がそうであるように。

——来光。

「……十咬くん」

急に思い出した。——背筋が冷えていく。

あの日、いつもなら離れにいるはずの来光と、屋敷の廊下ですれ違ったのだ。

「私の留守中、何か変わったことはなかった？　例えばだけど……、この部屋の様子がいつもと違った、とか」

「え？」

十咬は素《す》っ頓狂《とんきょう》な声を出した。

「智世様が戻られてから、僕は久しぶりにこのお部屋に入らせていただきましたけど、以前とさほど変わらないように見えました」

智世はまだ部屋を自分好みに整理していない。もともと趣味良く整えられていたから、進んで触る気にもならなかったというのもある。持ち物もそんなに増えてはいないのだ。自分で何かを買ってもいないし、誰かからもらった覚えも、それこそ宵江と一緒に買いに行ったあの若菜色のドレスぐらいしか——

（……あれ？）

いつか――誰かから、何かをもらったような。

贈り物などという大層なものではない。もっとさりげなく、自然な流れで。

自然さを――装った流れで。

そのとき、門の呼び鈴が鳴った。屋敷の中には、今は十咬しかいないようだ。十咬は中座すると断ってから部屋を出て行く。もし郵便や来客であれば、十咬一人では飼い犬が一匹で出てきたようにしか見えないだろう。女中の誰かが気付いて十咬を助けてくれるといいのだけれど。

何だか心細い。綱丸もさっき十咬と入れ違いに出て行ってしまった。まだ赤ちゃんだから寝床に戻って昼寝をするのだそうだ。眠るなら智世の寝台の上で一緒に寝てくれればいいのに。こちらが怪我人だから遠慮してくれたのだろうが。目の見えない状態で一人っきりというのは、こんなにも心が弱るものなのか。

玄関の扉が開く音がした。

十咬が戻ってきたのだろうか。

だが、聞こえてきた声は、智世がまったく予想しなかったものだった。

「ごめんくださーい」

どこか呑気《のんき》な――穏やかで、気の抜けるような、女性の声。

智世は、急に胸がいっぱいになった。目を覆う布地に涙が滲《にじ》んでいく。

「……お母様」

いつぶりに聞くだろう。

母親の声だ。

「あらあら、なんて立派なお屋敷なんでしょう。ごめんくださーい、どなたかいらっしゃる？」

階下で迷っているらしい。女中の誰も来客に気付かなかったのだろうか。それに十吹の足音もしない。智世は声を張り上げる。

「お母様！　智世はここよ。お二階に上がってきて」

まあ、と母親の声が喜びに溢《あふ》れた。弾むような足取りで階段を上がってくる。見えはしないが、嬉《うれ》しそうに華やいだ笑顔が目に浮かぶようだった。

「よかった、どなたもいらっしゃらないのかと思ったわ。久しぶりね、智世」

「お母様、どうしてここに？」

母親が抱きしめてくれるので、智世も抱き返して再会を喜び合う。

「どうしても何も、あなたのお見舞いに来たに決まってるじゃないの。怪我をして寝込んでるって聞いて飛んで来たのよ。可哀想に、よりによって目にだなんて」

母親はそう言って、智世の頭を慈しむように撫《な》でてくれる。

智世は――すっと血の気が引くのを感じた。

「……お母様」

――部外者には、家族であろうとも一切知らされないはずだ。

任務に関することはすべて。

「……私が怪我をしたって、誰から聞いたの？」

無関係の人間である母親に——智世が妖《あやかし》の攻撃によって負った傷のことなんて、誰も知らせるはずがない。

智世は寝台の傍の小さな卓に、こっそりと手を伸ばす。そこに智世がいつも持ち歩いている巾着《きんちゃく》袋がある。手で探る。智世を抱きしめたままの母親からは見えていないと信じて。指先に巾着袋の中身が触れる。そこに、もしものときのためにと宵江が智世に持たせてくれた小柄《こづか》があるはずだ。指で袋の中身をより分ける。まず薬入れが指先に触れる。そして。

ハンカチの感触が。

——ハンカチ。

「誰にも聞いていないわ、智世」

母親が優しく言った。

智世を抱きしめたまま。

「誰に聞かなくてもわかるわ。だって——私があなたの目を傷つけたんですもの」

母親は——母親の姿をした何かは、そう言って智世の手首を、女の身体とは思えない力で押さえつけた。痛みに思わず呻《うめ》いてしまう。その拍子に、巾着袋からハンカチが落下する。

「あら」

母親の姿をしたそいつは、声を弾ませた。

「このハンカチ、肌身離さず持ち歩いてくれていたのね。嬉しいわ。まぁ、私の糸で織ったハンカチだもの、一種の呪《まじな》いのようなものですからね」

智世を抱きしめる腕が、ぎしぎしと音を立てている。——いや。

智世には見て確認することができないが、もしかすると、智世を抱きしめて——締め付けているのは、人の腕などではないのかも——しれない。

「……う……」

呼吸ができなくなってきた。身体が痺《しび》れて徐々に力を失い、意識が朦朧《もうろう》とする。

誰かが階段を駆け上がってくる足音が——聞こえる。

急いで走ってきたらしいその足音の主は、智世の部屋の前で立ち止まった。

「——貴様は」

来光の声だ。

——意識が途切れた。

来光が智世の部屋に駆け込んだ瞬間、智世の上に覆い被《かぶ》さっていたものは、ぎぎぎ、と人形のような動きでこちらを向いた。

智世は白く光る頑丈な糸で雁字《がんじ》搦《がら》めにされている。

「……あら」

それは女の声でそう言った。首から上が中年の女だったのだ。だが首から下は土色の着物を着た若い男の身体だった。

それは来光の姿を認めるや、首から上がまるで趣味の悪い見世物のように、若い男の顔にすげ替わった。

落ちくぼんだ鋭利な目をした男の顔に。

「この間から、いやに屋敷が土臭いと思っていたんだ」

来光は皮肉げに顔を歪《ゆが》めた。

「嫁御の周囲が特に臭うから、これだから人間風情はと思っていたが——部屋の中をどれだけ探してもお前の痕跡《こんせき》が見つからないはずだ。嫁御がいつも持ち歩かされていたなんてね」

男は答えない。こちらの言葉を理解しているのかどうかもわからない。

妖は——おしなべて獣だ。

人間に化けている間ならばいざ知らず、元の姿に戻ってしまっては、一言も発することはできないのだ。

「その程度の妖が、この玄永の屋敷に侵入し、あまつさえ当主のものを奪おうとするなんて。まったく恐れ入る。その面の皮の厚さにだよ」

来光は床を蹴《け》った。男のほうに、そして男に捕らえられたままの智世のほうに。

だが寝台は窓辺に置かれている。男のほうが圧倒的に窓に近かった。

男は智世を抱えたまま窓を蹴破り、外に飛び出した。

来光は舌打ちし、窓の外を見る。

男の逃げ足は異様に速かった。臭いはまだ辿《たど》れるが、さすがに分が悪い。宵江たちは一体どう動いていてこんな失態を晒《さら》したのか。

窓から門のほうを見やると、金色の狼が頭を強く殴られたかどうかして地面に伸びていた。あんな役立たずを弟分として重用しているなんて、やはり弟の考えることはまったく理解できない。

今、屋敷には役立たずどもしかいない。女中たちも人の形を保っていられないほど力を削って屋敷の周囲に結界を張り続けているのに、こうも易々と敵の親玉に侵入されるとは。

来光は床に落ちたハンカチを拾い上げる。

ひどい臭いだ。湿った土——狼ではない妖の臭い。

「なるほどね。土蜘蛛《つちぐも》の糸の切れ端ならばともかく、糸で織った布きれが結界の中に入り込んでしまっていたのでは、それを依《よ》り代《しろ》にして土蜘蛛本体が結界の中に入り込むのも容易《たやす》かっただろう。だが依り代とするにはこれだけじゃ——」

嫌々ながらにハンカチを検《あらた》める。するとわずかに血が付いている。

そこからもひどい臭いがした。反吐《へど》が出るような、人間の血の臭いだ。

思わずため息が漏れる。

「土蜘蛛に血を奪われたのか。まったく失態にもほどがある。この分じゃ大方、髪の二、三本も奪われているな。こんなに向こうの準備が整っていたのでは、結界などあってないようなものじゃないか」

つまり——あの金色の毛並みをした役立たずや女中たちは、身を削ってまったく無駄な努力をしていたということだ。

愚かなものは嫌いだ。見るに堪えない。

いつも顔を合わせるたびにどこか遠慮がちな表情を浮かべる、あの忌々しい弟がその最たるものだ。兄である自分を差し置いて当主になったのだから、もっと堂々と振る舞えばいいものを。

(俺は当主にはならないよ、宵江)

かつて——子どもの頃、弟に告げたのを思い出した。

昔からそうだったのだ。自分は妖の気性を強く持って生まれてしまった。縄張り意識が強く、排他的で、人間のことをどうしても受け入れられない。土蜘蛛も、あの弟嫁も、異物という意味では来光にとっては大差ない。

大きな違いは、玄永一族の存続にとって害であるか否かだ。

来光は再び窓から顔を出した。北のほうへ視線を向ける。

——花井伯爵邸。

巻き込まれた人間が死のうが生きようが知ったことではない。が、もしこの戦いで宵江が敗れたら、次の当主は自分だ。

(そんな面倒はごめんだよ)

人間のために終生働くなど冗談ではない。

来光はひとつ舌打ちし、窓枠を蹴って宙へ跳んだ。

巨大な地下空洞の中、宵江は意識を取り戻した。

一瞬気を失っていたらしい。口の中に砂の感触がある。唾《つば》を吐き出すとわずかな血が混じっていた。口の中を切ってしまったようだ。

――花井伯爵邸の地下は、いつの間にか土蜘蛛の根城になっていた。洋館の地下に、その洋館がそのままもうひとつ入ってしまいそうな巨大な穴が掘られていて、そこに土蜘蛛どもが潜伏していたのだ。

ただし土の中に巣を掘って暮らすのは、土蜘蛛のもともとの習性でもある。糸でいわゆる蜘蛛の巣を張る個体もいるが、多くは土中に潜ったまま、まず地表には出てこないのだ。玄狼党は何も人間に無害な人外どもを根絶やしにするための組織ではないから、土蜘蛛に限らず、人間を害さない妖には干渉しない。だから花井伯爵邸の地下に限らず、そして土蜘蛛に限らず、人間社会のどこにでも妖の棲処《すみか》は存在する。まるで光と影のようにだ。

だが花井伯爵邸の地下に溜《た》まっていた土蜘蛛たちは、明らかに親玉に追従しているひとつの群れだった。伯爵に化けた土蜘蛛を護《まも》るような動きを見せ、宵江たちに向かってきたのだ。

宵江たちは花井伯爵の子息を護りながら、地下から湧いてきては襲いかかってくる土蜘蛛どもと戦う羽目になった。戦いの場所が人目につかない地下に移ったのは好都合ではあったものの、土蜘蛛どもは土の中に潜っては急に姿を現わしたりと、玄狼党の隊士たちを翻弄《ほんろう》した。そのうちいつの間にか伯爵に化けた親玉の姿が見えなくなった。手下の土蜘蛛どもが縦横無尽に動いていたのは陽動だったのだと、その段になってようやく気付いた。

地上、洋館のほうを護っていた流里率いる二番隊が、蜘蛛の糸で雁字搦めにされて衣《い》裳《しょう》部屋に転がされていた花井伯爵本人を発見した。これすらも土蜘蛛の親玉が化けたものである可能性もあったが、本物である可能性もある以上、保護しないわけにはいかなくなった。紘夜率いる三番隊は洋館の周辺を囲んで結界を張り続ける役割に加え、本物の伯爵の子息——特殊な薬を嗅《か》がせて眠らせてある——を保護する役目もある。地下から姿を消した親玉を追えるのは宵江と、茨斗率いる一番隊だけだ。だが親玉には何か明確な目的でもあるのか、それとも逃走時間を稼ごうということなのか、手下の土蜘蛛どもはひっきりなしに宵江たちに襲いかかってくる。一対一ならば絶対に負けることなどない妖《あやかし》だが、こうも数が多く、そして親玉に統率されていては、それは兵隊と同じだ。十分脅威になる。

「智世さん、一足先に帰ってくれててよかったですね！」

軍刀を高速で振り回しながら茨斗がやけくそのように笑った。

彼の一閃《いっせん》で周囲の土蜘蛛どもが両断される。無論、どの土蜘蛛も巨大な蜘蛛の姿だ。確かにこんな現場を虫嫌いの智世が見たら、悲鳴を上げて卒倒してしまったかもしれない。

宵江はさっき土蜘蛛の硬い外殻にしたたかに打たれた頭を軽く振った。やはりあの十咬の一件の折、人の形を保てないほど力を消耗してしまったのは痛手だった。智世が輿《こし》入《い》れしてくる前は、ただでさえ力を一族のために使いすぎて毎日ふらふらだった。智世が来てくれてからはいくらか改善したものの、それでも力は日々じわじわと削られていき――智世がその呼吸により力を分け与えてくれたときには、修復に多大な時間を要するほどにまで綻《ほころ》んでしまっていたのだ。

以前ならば土蜘蛛のあの程度の攻撃で一瞬でも意識を飛ばしてしまったりはしなかったのに。当主の任を負う前、宵江の父――先代当主に付き従うだけの隊士だった頃であれば。

（あの頃は……俺は自分のことだけ考えていればよかったから）

玄狼党の任務のためとはいえ、自分の力は自分のために使い切ることができた。目の前の敵を討伐するために、あるいは危機に陥った仲間を庇《かば》うために。自分が力を使い切ってしまっても、別の誰かが自分を助けてくれた。それで何も困ることはなかったのだ。

だが今は当主としての任も責務もある。一族の棲処である玄永家を護り、戦闘能力のない弱い仲間を護らなければならない。自分の力を目の前のことだけに使い切ることができなくなった。宵江の身体の半分は一族のためにあると言ってもいい。常に半身だけで、敵と向かい合わなければならないのだ。

そしてそれは本来であれば——伴侶《はんりょ》という新たな半身を得ることで、補えることなのである。

人間を食い物として扱う、妖としての己の理《ことわり》に向き合うことができれば、だが。

宵江の父は狼の妖である。母もだ。長い歴史の中で、雨月家から嫁を取った当主は歴代でもそう多くはなかった。伴侶が同じ妖であれば、その力を借りることにこんなにも葛藤《かっとう》はしなかっただろう。同族同士で助け合うのは、生きるために当然のことであるから。

だが、狼の妖の中から嫁を取ることは、宵江には考えられなかった。

子どもの頃の淡い初恋の相手が、まさか雨月家の娘だったなんて。人間の考え方を借りるならば、運命か何かだとしか思えなかったのだ。

——まだほんの小さな少年だった頃。宵江の父は早いうちから来光の気性に気付き、将来の跡取りは宵江にとよく口にしていた。ああ見えて野心家ではない来光は——物腰から誤解されがちだが、来光は何をするかより、何をしないかのほうを重視して生きている——、若隠居できると喜んでいた。しかし皮肉屋でもあり、何より玄永一族に人一倍高い誇りを持っているため、自分が認める頭領に宵江がなれるかどうか、それを常に厳しく監視していた。

子どもの頃の宵江には、その圧力が苦痛で仕方がなかった。

自分に比べて兄のほうが頭も回るし弁も立つ。頭領としてどちらが相応《ふさわ》しいかなど一目瞭然《りょうぜん》だ。剣術は子どもの頃から自分のほうが強かったけれど、それがまた、腕っ節しか能がないように思えて嫌だった。

当時の父親の側近や使用人たちは、そんな宵江を厳しく教育した。今思えば、来光の圧力に打ち勝つ胆力を育てるための荒療治だったのだろう。だが辛《つら》かった。

あるとき、すべてを投げ出したくなって、勉強時間の途中で逃げた。

屋敷を抜け出して、知らない道を選んでとぼとぼと歩き回った。

そうしたら、少しだけ年下の、とてもかわいらしい女の子が、顔を涙でぐちゃぐちゃにして泣いているのに遭遇した。

宵江は無表情な子どもだった。別に病ではない。もともとそういう性質だった。拍車が掛かってしまったのは来光からの圧力が掛かり始めてからだ。完璧《かんぺき》主義者の兄は、宵江が少しでも泣き言を言うと、玄永の惣領《そうりょう》が無様に泣くな、と詰《なじ》った。かといって笑えば、誇り高き狼一族の長になろうという奴がへらへら笑うな、と咎《とが》めた。宵江はそれまで以上に、泣きもしないし笑いもしない子どもになったのだ。

だが感情そのものが死んでいるわけではない。当たり前に心は動く。

理由は何だか知らないが大泣きしている女の子を見て、こんなに泣けていいなぁ、と思った。

「こわがらなくていいよ」

宵江はその女の子にそう言った。どういう理由なら女の子がこんなに泣くのかと考えたのだ。見たところ怪我をしている様子もないから、きっと何か怖い目に遭ったのだろうと思った。女の子はそれでも泣き止まない。子どもだった宵江は、自分なら何ができるのかと必死で考えた。考えた末に、自分が玄永の頭領になった暁には、父のように人間を怖いものから護ることができる、と思いついた。

「いつか、ぼくがきみをまもるからね」

子どもなりに、一丁前に惣領の自覚があったということだろう。

女の子はその言葉に、涙を拭《ぬぐ》った。そして――笑って言った。

「あなたがないてるときは、ともよがまもってあげる」

――それが、智世との出会いだったのだ。

彼女がどういうつもりでそんな言葉を口にしたのかはわからない。よくある子ども同士の、大袈裟《おおげさ》で夢見がちな、ただの口約束の類《たぐ》いだろうとは思う。

――だけど。

宵江は目の前の土蜘蛛《つちぐも》を両断した。

別の土蜘蛛を一体片付けた茨斗が、そういえば、と口を開く。

「智世さん、やっぱり宵江さんのこと覚えてなさそうでしたよね」

「それはそうだろう。人間が妖と出会った記憶をずっと持ちえているはずがない」

「あ。そっか。宵江さん妖でしたね、そういや」

その道化じみた軽口に、お前もだろう、と半眼で呻《うめ》きながら、もう一体を斬りつける。

人外のものは、人間社会に存在しないことになっている。

もし存在が知られれば大混乱になる。人間たちが妖を恐れるあまり、罪も害もない魑《ち》魅魍魎《みもうりょう》の類いまで根絶やしにしようとするかもしれない。そんな全面戦争が勃発《ぼっぱつ》してしまえば最悪、帝国中が焦土と化すこともあり得るのだ。ただでさえ国を挙げて手を取り合い列強と渡り合っていかなければならないこの時代に、自国内でそんな内輪揉《も》めをしている場合ではない。

雨月家の当主は、強い能力を持って生まれてくるか否かに拘《かか》わらず、ある一つの術だけは必ず扱うことができた。

それが、帝国中に今も智世の父親によって張られている結界――人間がもし人外のものを目撃してしまったときに、それが人外であるということを忘れさせるという呪《じゅ》だ。国の秩序を守るために絶対に必要な呪である。多くの場合、人外のものと行き会った人間たちはそれを夢や見間違いだと思ったり、病だと思ったりするらしい。そのように呪が働くからだ。誰も本当に人外のものに出会ったとは、それこそ夢にも思わない。

だがその結界の術者と同じく雨月家の血を引く智世には、どのようにその呪が発動したのだろう。宵江と出会っていたことすらも、やはり彼女の中ではなかったことにされてしまっているのだろうか。

――それならそれでもいい、と宵江は思う。

宵江のことを忘れてしまっているのに、智世はあの白昼夢のような口約束を守ってくれたのだから。半妖《はんよう》の姿となって帰還したあの夜、智世は確かに――泣いていた宵江を護《まも》ってくれたのだから。


地下空洞を進むと、坑道のような細い道が左右に分かれていたので、そこで宵江と茨斗は二手に分かれた。

宵江は暗いそこを一人で躊躇《ためら》いなく進みながら、軍刀を握り直す。玄狼党の者が扱うこの軍刀の刀身は、狼の爪や牙《きば》を鉄に混ぜて打たれている。これもまた一種の呪のようなものだ。そうすることでそこらの刀剣とは、妖《あやかし》に対する切れ味が段違いに良くなる。

と――狭い坑道のような道が途切れ、再び広大な空間が目の前に現れた。

その地下空洞の天井、地面に通じる縦穴から、機会を計ったかのように土色の着物姿の男が糸を伝って降りてきた。

その腕には智世を抱きかかえている。彼女は蜘蛛の糸に縛られ、意識を失っている。

男は――宵江をじっと見つめた。

厭世《えんせい》的な目をした男だ、と思った。無論、これは妖としてはあり得ない。本能で生きる獣に世を儚《はかな》む心など本来ありはしない。

なるほど、こんな目をしているのでは――策を何重にも弄《ろう》してくる強敵であるはずだ。

「その女性は俺の妻だ。放してもらおう」

軍刀を構え、宵江が告げる。

すると男はまるで趣味の悪い芝居の早替わりのように、花井伯爵の子息に姿を変えた。

「お会いできて光栄です、狼の頭領殿」

まるで華族の御曹司の話し言葉を写し取ったかのような口調でそう言った。

「他者の姿であることをお許しください。この姿で過ごすことが多かったので、私としましても実にしっくりくるんですよ」

「やはり花井伯爵の子息に化けて潜んでいたのか」

「ええ。本物も上の洋館におりますけれどもね。留学先から帰国したのは事実ですので。必要なときだけ入れ替わらせていただいておりました。もちろん、本人も伯爵もそんなこと知る由もありません。危害は加えておりませんから」

土蜘蛛は智世をいやに優しい手つきで地べたに寝かせると、宵江のほうを振り返った。恐らく本物の花井伯爵の子息がよく浮かべているのであろう、人の好《よ》さそうな微笑みをこちらへ向けてくる。

「もうおわかりでしょうが、私の目的はあなたと戦って勝つことです、狼の頭領殿」

そうすれば、と土蜘蛛は背中越しに智世をちらりと見た。

「……狼の一族を率いて、あの力ある人間を娶《めと》ることができる」

宵江は──自分でも驚くほど、一瞬で全身に火がついたように血が駆け巡ったのを感じた。

「今──何と言った」

智世を捕らえたのは、宵江と戦うための人質ではなかったのか。

違いますよ、と土蜘蛛は爽《さわ》やかに笑った。

「狼の頭領に化けた土蜘蛛が、捕らえられた奥方を、さも敵地から助け出したかのように屋敷に連れ帰るのです。本物の頭領殿の骸《むくろ》をこの地下空洞に残してね。素敵な狂言でしょう？」

「──貴様」

最初から──それが目的で。

「本当は舞踏会の夜に決行したかったのですけれど、ドレスが完成しなかったので」

一旦《いったん》取りやめることにしました、と、土蜘蛛は何でもないことのように笑った。

「……何？」

「せっかく狼の頭領に成り代わるのですから、私が丹誠を込めて己の糸で織った白いドレスを──何て言いましたかね、西洋風の婚礼衣裳《いしょう》のように、奥方には着ていただきたかったんですよ。他の男が用意したドレスだなんて癪《しゃく》じゃありませんか。でも、心を込めて織りすぎて、ちょっとこだわりが強すぎたんでしょうかね、作業の進捗《しんちょく》が芳しくなくてですね。だから日程を延期することにしたんです。辻《つじ》斬り事件が増えればそれどころじゃなくなるかなと思いましたので」

増やしました、と土蜘蛛は笑った。

――その増やされた事件のせいで、あれだけの人間が、そして玄永の一族が傷ついたのに。

「……そんなことのために、お前は」

「そんなこと？」

一瞬、土蜘蛛の表情が消えた。花井伯爵の子息が能面のように表情を失ったかと思った一瞬後、その姿が――またあの厭世的な目の男に戻る。

男は斬りかかってきた。刀だ。どこに隠し持っていたのか、土色の着流し姿で日本刀を振り回す様は本当に、かつての辻斬りの亡霊かのようだ。

宵江は軍刀で応戦する。技術は宵江のほうが上だが、男はそれを上回るような何か執念めいたものをその身に纏《まと》わせて、何度も何度も斬り込んでくる。

花井伯爵の子息の姿を借りていたときはあんなにも饒舌《じょうぜつ》だったのに、男は一言もしゃべらない。

（これがこの男の真の姿ということか）

高等な妖は独自に人の姿を取ることができる。別の誰かに化けるのではない、自分だけの人型にだ。それは妖としての本来の姿――獣や蟲《むし》の姿とは表裏の関係にある。どちても本当の姿なのだ。

ただし妖は妖だ。人のようには話せない。かつて雨月家と手を組んだ玄永家の妖でない限りは。

だが――男の目は、言葉よりも雄弁にその激情を物語っていた。

これは、妬《ねた》みだ。

自分が置かれた状況を嘆き、自分が持たぬものを持っている他者を羨《うらや》み、持たぬ自分に苦悩し、絶望し――喉《のど》から手が出るほど何かを渇望している、飢えて渇いた者の叫びだ。それを持たぬ自分によこせ、と。

だが宵江は、そんなもののために犠牲にできるほど、智世を生半可に愛しているわけではない。

「悪いが、奪われるわけにはいかない」

そう強く告げた宵江の軍刀の刀身が、土蜘蛛《つちぐも》の首を――

――智世は、闇に落ちたままの瞼《まぶた》の裏側に、幻を見た。

土色の着物を着た子どもが、ある女に拾われ、愛情いっぱいに育てられている様子だ。

子どものほうもその女を母親と思い、慕っているように見えた。

だが、成長した子どもは――大きな蜘蛛の姿になった。

そしてその姿のまま、母親代わりの女を喰《く》い殺してしまった。

正気に戻り、人間の姿に戻った少年は、それを悔やんで泣いた。

こちらが悲しくなるような叫び声を上げて、自分が喰い殺した母親の骸の前で、泣いていた。

これは——今智世の身体を締め付けている、かの土蜘蛛の糸が見せた記憶だろうか。

(……あなたは、宵江さんになりたかったのね)

貞光、と彼の母親代わりだった女は、彼をそう呼んでいた。

きっと彼の本当の名ではないのだろうと思う。

それでも智世は幻の中で、泣き続ける少年の背中に呼びかけた。

(でも、あなたのお母様が愛したのは、宵江さんではなくあなたよ、貞光さん)

少年は何も反応しない。

声は——届かないのか。

宵江の軍刀の刀身が、土蜘蛛の首を——捉《とら》える直前、不意に鏡を目の前にしたような錯覚に陥って、一瞬動きが鈍った。

土蜘蛛が宵江に変化したのだ。

自分とまったく同じ顔をした他人が目の前に急に現れて、瞬時に平静に戻れる者は恐らくいない。

その隙を突かれた。土蜘蛛の刀が宵江を深く斬った。

大量に血が噴き出る。慌てて後ろに跳び退《すさ》る。

そのとき——視界の端で、智世が動いた。

意識がある。蜘蛛の糸の拘束を解こうと必死に身体を捩《よじ》っている。彼女が手に持っているあれは、宵江が与えた小柄《こづか》だ。あんなものでは土蜘蛛の糸は切れない。小柄のほうがすぐにだめになってしまう。それでも彼女が抵抗しようとしてくれているという事実は、宵江にひどく力を与える。

「——智世！」

宵江は叫んだ。智世が大きく身じろぐ。

「必ず護《まも》る！　心配するな！」

智世が頷《うなず》いた。宵江は再び土蜘蛛に向かっていく。

だが一撃を食らってしまった分、明らかに宵江が劣勢だ。宵江の姿をした土蜘蛛は、弱りつつある宵江に幾度も斬りかかってくる。血を大量に失った状態で敵と渡り合うには、宵江の力はあまりにも枯渇しすぎていた。

己の中の妖《あやかし》の理《ことわり》ともっと早くに折り合いをつけられていれば。

もっと早く、智世から力をもらうことができていれば。

——ただの、妻を愛する一人の夫として。

妖ではなく、ただの宵江という存在として。

傷だらけの身体で、朦朧《もうろう》とした意識の中で、宵江はそれでも土蜘蛛に向かっていき——

「──なんてざまだ、宵江」

高慢な声が頭上から届いた。

宵江とは違う、銀色の髪を持つ兄が、縦穴から軽やかに降り立つ。

来光は蔑《さげす》むような目で、二人の宵江を交互に見比べた。

「どっちが弟なのか知らないが、どっちであったとしても、これが我が玄永家当主の姿なのかと思うとぞっとするよ」

宵江は慌てて土蜘蛛のほうを見る。

土蜘蛛は──いつの間にか自分の身体に蜘蛛の糸を巻き付けていた。まるで、自分こそが土蜘蛛の糸に攻撃され捕らえられた本物の宵江だとでも言いたげに。

「来光──まさかお前が来てくれるとは思わなかった」

土蜘蛛がそう言った。まさに今、宵江が言おうとしていたことだ。

この妖は本当に──変化《へんげ》した相手のことを正確に写し取っている。

「……違う」

対して宵江の声は上擦《うわず》ってしまう。だめだ。これではまるでこちらが偽者のように──

「……なるほど。お前が土蜘蛛か」

来光が宵江を見て冷たく歪《ゆが》んだ笑みを浮かべる。

来光は玄狼党の隊士ではない。だが一族の長に近い者として軍刀は所持している。それを抜いて、来光はこちらに歩み寄ってくる。

「この私に随分手間をかけさせてくれたね。お前のその軽い命で購《あがな》えるなどと自惚《うぬぼ》れないことだ」

「ち——違う。俺は」

喉が血で焼けている。思わず後退る。

来光の背後で、土蜘蛛が勝ち誇った目をした。

途端——来光が足を止めた。

「——なんてな。私にはどちらが本物か判断できるだけの確証などないよ」

何、と宵江も、土蜘蛛も動きを止める。

来光は瞬時に踵《きびす》を返した。

その意図に気付いたときにはもう遅い。土蜘蛛も宵江ほど深手ではないにしろ、こちらの攻撃は何度か喰《く》らっている。そんな状態で来光の足には追いつけまい。

来光は智世の傍に駆けつけると、その目を覆う布と、身体を縛り付けていた蜘蛛の糸を軍刀で切り裂いた。

解放された智世の傍に、来光は何かを放った。花だ。

（あれは——母上の）

薔薇《ばら》の切り花だ。母の忘れ形見として、中庭の隅、仏間から見える場所で育て続けている異国の花。普段ろくに言葉を交わさない来光とも——この花を仏壇に交代で供えることだけは、ずっと二人で続けていた。

智世はそれを見て、すべて心得た顔で、蜘蛛の糸の毒による麻痺《まひ》に震える手を伸ばした。そして何の躊躇《ためら》いもなく、鋭い棘《とげ》ごと、その薔薇の茎を握りこむ。その痛みによって麻痺状態から無理やりに抜けだそうというのだ。

智世がよろよろと立ち上がり、宵江たちの足もとを注視するのと、来光が持参したカンテラを高く掲げたのはほぼ同時だった。

智世は一方を指さして叫ぶ。

「――そっちが土蜘蛛です！」

急に光を目にしたためか、彼女は辛《つら》そうに顔を顰《しか》め、ぐらりと身体を傾《かし》がせた。宵江は慌てて彼女に向かって駆ける。腕を伸ばし、彼女の身体を抱きしめるようにして支える。

来光が嘆息したのが聞こえた。

「まったく。お前の馬鹿さ加減には恐れ入るよ、宵江」

手にした軍刀を振り上げ、土蜘蛛に歩み寄る。

「敵が目の前にいるのに、真っ先に嫁御のもとへ駆けつけるなんて。お前はそれでも玄永の当主か」

心底呆《あき》れたという口調でそう言って――呆然《ぼうぜん》としている土蜘蛛に向かって、来光はその軍刀を振り下ろした。

自分のもとへ躊躇いなく駆けつけて、抱きしめるように庇《かば》ってくれた宵江を、智世は強く抱き返した。

といってもまだ身体には麻痺が残っていて、力はあまり入らない。薔薇を棘ごと握った掌《てのひら》も灼《や》けつくように痛んでいる。そしてしばらくぶりに光を浴びた両目も眩《くら》んでしまっていて、頭がふらふらした。

だが宵江の身体はもっと傷だらけだ。それなのに痛そうな素振りなど露ほども見せず、智世をこうして護ってくれている。

「……無事で、よかった」

耳もとで、押し殺したような声が聞こえた。その声はわずかに震えている。

「あなたを、本当に失ってしまったらと思うと……」

智世は、宵江を抱き返す腕に力をこめる。麻痺など知るものか。この後、この腕が完全に動かなくなってしまったって構わない。今このとき、この愛する人を抱きしめて、その心を護ることができるのなら。

「私は誰にも奪われないわ、宵江さん。この先ずっと、あなたを置いていったりしない」

宵江の耳もとに優しく吹き込むように、智世は告げた。

「だって、私たちは夫婦なんだもの。そうでしょ？」

＊　＊　＊

貞光、と——呼ぶ声が聞こえた、気がした。

貞光。

あたしたちは偽物の親子だったかもしれないけど、——あんたの母親になれて嬉《うれ》しかったって気持ちだけは、嘘じゃないからね。

——さだみつ。

第七章　結び

帝都が誇る銀座の目抜き通りを、路面電車が走り抜けてゆく。

人々は装いも華やかに、どこか誇らしげな面持ちで背筋を伸ばして往来を闊歩《かっぽ》する。

柳の並木に彩られた西洋の香り漂う街並みを歩いて、カフェーで珈琲《コーヒー》片手に学問や芸術、それにこの国の来し方行く末の話に花を咲かせるのだ。

「それじゃ、智世さんの旦那様《だんなさま》って、お料理に文句ひとつ言わないの？」

将校夫人が珈琲のカップを手にしたまま、目を丸くした。今日は半分愚痴役、半分聞き役の彼女は、以前に比べて少しは珈琲を飲む余裕があるようだ。カップの中身は半分ほど減っている。

テーブルの三方を囲む友人たちの顔を見ながら、智世は頰を赤らめて頷《うなず》いた。

「何を出してもおいしいって言ってくれるわ」

「いいわねぇ、新婚さんの特権だわ。私も智世さんを見習って、お料理ぐらいはしたいですって言ってみようかしら」

華族夫人は思案顔だ。

恋愛結婚夫人が身を乗り出し、感嘆の声を上げる。

「智世さん、旦那様のお仕事も手伝ってるんでしょう？　すごいわね、お仕事もできて家事もして」

「家事って言っても、時間が空いたときにお手伝いさんの仕事をちょっと手伝わせてもらってるって感じなのよ。やっぱり私、働いていないと落ち着かないみたい」

変わってるのは相変わらずねぇ、という顔で友人たちが智世をしみじみと見た。

ところで、と将校夫人が恋愛結婚夫人に向かって声を上げる。

「あなたのおうち、その後どうなの？　旦那様とは仲直りできたの？」

すると恋愛結婚夫人は頰に両手を当てて嬉しそうに頷いた。

「逢《あ》い引き相手だと思ってた年上の色っぽい女、そういうお店の方だったの。主人にお金がないと見るや、お金持ちの別の客のところに去っていったって泣きつかれたわ。やっぱり俺にはお前しかいない、ですって」

「……あなたはそれでいいわけ？」

「当然よ。私しかいないって気付いてくれたんだもの」

将校夫人は閉口した。華族夫人も肩を竦《すく》めている。

まあ、幸せの形は人それぞれだ。本人がそれで満足ならば、他人がとやかく言うことではない。

「それにしても、あの仕事一筋の智世さんが結婚して、旦那様ののろけ話までするようになるなんてねぇ」

「本当、予想もしなかったわ。智世さんの心を射止めるなんて、さぞ素敵な旦那様なんでしょうね」

友人たちが口々に言う。

玄永家との婚礼は身内だけのものだったから、友人たちに花嫁姿を見せることはできなかった。そして何しろ一族揃って写真に写ることもできないときている。写真はともかく、晴れ姿を見てもらえなかったのは少し残念に思う。

でも、と華族夫人が品良く微笑んだ。

「うちの主人も花井伯爵邸にご招待頂くことがあるから、晴れ姿の智世さんとはいずれそこで会えそうね」

「わあ、いいわねぇ。洋館での舞踏会だなんて」

恋愛結婚夫人が夢見るように言った。

将校夫人は心配そうな顔だ。

「少し前に地崩れがあったっていうお屋敷でしょう？　地下の地盤が緩んでたとかで」

「ええ――地下の空洞を埋め立てたり、普請が長引いて大変だったみたい。でもご家族も皆ご無事だったそうよ」

智世は何も知らないふうを装ってそう答えた。

あの日、土蜘蛛《つちぐも》たちが土中に形成した地下空洞と、そこで行なわれた激しい戦闘が原因で、花井伯爵邸では小規模な地崩れが起きた。将校夫人の言った通り、表向きには地盤の緩みが原因だったということになっている。警保局の中でそういった事件を秘密裏に担当する部署——つまり父の部署が、後処理に奔走したらしい。

と——カフェーの入り口の扉が開き、ドアベルが軽やかな音を立てた。

入り口近くの女性客のざわついた声がする。智世が振り返ると、

「あらまあ、ものすごい美男子ね」

「役者さんか何かかしら？」

友人たちの感嘆の声が聞こえた。

智世はその人物に向かって手を振る。

「宵江さん。ここよ」

え、と友人たちだけでなく、店中の女性客が智世のほうを見る。

智世は、どこか気恥ずかしいような、それでいて誇らしいような気持ちで立ち上がり、こちらに向かって歩いてくる宵江のほうへ歩み寄った。

そして友人たちのほうを振り向く。

「紹介します。私の夫の、宵江さん」

宵江はぎこちなく微笑んだ。

「玄永です。妻がいつもお世話になっております」

……その後の友人たちの盛り上がりようときたら、女学生だった頃、まるで恋愛に人

生が懸かってでもいるかのように大騒ぎをした、あの懐かしい青春時代のようだった。

屋敷に向かって連れ立って歩きながら、智世はにやにやと笑って宵江の顔を覗《のぞ》き込む。

「宵江さん、笑うのちょっとだけ上手になったわね」

「……やめてくれ。まだ頬が引きつっている」

宵江は自分の頬をむにむにと触っている。その顔すらも何だか愛らしい。

――あの事件から三ヶ月が経った。

一連の辻《つじ》斬りを含めて大がかりな事件だったものの、死者が一人も出なかったということで、あの土蜘蛛の親玉は処刑されずに済んだそうだ。玄狼党の名のもと、妖《あやかし》専用の監獄に収監され――そんなものがあるなんて智世は思いもよらなかった――、粛々と服役しているらしい。

――そう。来光は彼を殺さなかったのだ。

あの土蜘蛛は、本当の名を篝《かずとり》という。

貞光という名は、彼の育ての母親だけが呼ぶことを許された、特別な名だったのかもしれない。

来光はあの日、篝を軍刀の柄《つか》で昏倒《こんとう》させた後、自分は玄狼党の隊士ではないのだから玄狼党のためには働かない、と言い捨てて立ち去った。そしてすぐにまた離れに戻り、気ままな蟄居《ちっきょ》生活を続けている。つまり、あの場を収めるために篝の動きを封じただけで、後はすべて宵江に任せた、ということだ。

来光の智世への当たりは相変わらずだ。仲良くもなれていないし、距離も縮まっていない。

ただ――不要な異物を見るような目だけは、ほんの少し、和らいだような気がする。

篝の捕縛後、帝都にはひとまずの平和が戻っている。

相変わらず害があるんだかないんだかという程度の魑魅魍魎《ちみもうりょう》は絶えず出るようだし、中には見過ごせない傷害事件もあるようだ。智世の父も相変わらず頭を悩ませていると宵江が言っていた。

何であれ、人外のものが暴れる場所には、すぐに玄狼党の隊士が駆けつける。

智世が調査に加わるようになってからは、深刻な事件に発展してしまう前に妖を討伐できる例も増えた。

誰かのために、何かをしたい。自分の持てる力を使って。――そう願っていた智世にとっては、夢が叶《かな》った素晴らしい日々だ。

屋敷に戻ると、木刀を持った傷だらけの十咬が、同じく木刀を持った茨斗に追いかけ回されていた。

「……一体何事？」

傍観していた流里に智世が問うと、流里は、あの通り、とため息をつく。

「十咬が二十三回目の玄狼党入隊試験に見事落ちたところです」

「やーいやーい！　俺に勝とうなんて十年早いんだよばーか！」

「おや、茨斗は十年後には十咬に負ける可能性があると踏んでるんですか？」

「まーね。俺って意外と現実的な男なんで。ほら、男子三日会わざればって言いますし」

流里と茨斗が軽口を叩《たた》き合っている傍らで、十咬が項垂《うなだ》れて深く深く嘆息している。

「……宵江様。僕、町の剣術道場に通ってもいいですか」

「別に構わないが」

宵江は、ばたばたと階段を下りてくる紘夜を指さしながら続ける。

「費用は毎月忘れずに紘夜に計上するんだぞ」

「わかってます。茨斗さんじゃあるまいし忘れたりしません」

「ああそうだ！　茨斗じゃあるまいしお前に関しては心配していないぞ十咬！」

紘夜はそう叫びながら、物凄《ものすご》い剣幕で茨斗に詰め寄っている。

茨斗が、やべ、という顔をして逃げの姿勢を取る。

「やだなぁ、俺別に忘れてるわけじゃないですよ。紘夜さんの困ってる顔が見たいからわざとやってるだけですって」

「余計悪いわ馬鹿者！」

「うるさいですよ紘夜」

いつも通り騒がしい使用人たちの足もとで、いつも通りまん丸の毛玉のような姿の綱丸がもふもふと楽しげに走り回っている。

「……相変わらず騒がしいな」

宵江は憮然《ぶぜん》としているが、その黒曜石の瞳《ひとみ》に浮かぶのは、彼らに対する深い愛情だ。

この美しい瞳は、いつも智世に勇気をくれる。怖いものに立ち向かう勇気も、新しい生活に飛び込む勇気も。

そういえば、と茨斗が明るく声を上げた。

「お二人さん、そろそろ新婚旅行にでも出かけたらどうですか？　こんな騒がしい屋敷の中じゃ、思う存分いちゃつけないでしょ？」

「いっ……!?」

ぼんっ、と音が出るほど赤くなってしまう。頬を押さえておずおずと宵江を見上げると、智世から視線を逸《そ》らしているがほんのりと耳が赤い。

「……新婚旅行ですって。宵江さん、どうする？」

「と、智世さんが、行きたいのなら」

こんなに動揺している宵江は久しぶりに見た。

人は動揺している他人を見ると落ち着いてくるものである。

智世は、すすす、と宵江に擦り寄った。

「……『智世』って呼んでくれないの？」

「……っ、呼ばない」

――ここではな、と宵江が智世の耳もとで囁《ささや》いた。

慌てて宵江の顔を見上げるが、彼はもうこちらに背を向けてしまっていて、その表情を確かめることはできない。だけど、それで構わないのだ。

智世のことを愛していると、大切に思っているのだと――全身で叫んでくれているから。

本書は書き下ろしです。

贄《にえ》の花《はな》嫁《よめ》

優《やさ》しい契約結婚《けいやくけつこん》

沙《すな》川《かわ》りさ

令和3年 9月25日　初版発行

発行者●青柳昌行

発行●株式会社KADOKAWA
〒102-8177　東京都千代田区富士見2-13-3
電話　0570-002-301（ナビダイヤル）

角川文庫 22834

印刷所●株式会社暁印刷
製本所●本間製本株式会社

表紙画●和田三造

●お問い合わせ
https://www.kadokawa.co.jp/（「お問い合わせ」へお進みください）
※内容によっては、お答えできない場合があります。
※サポートは日本国内のみとさせていただきます。
※Japanese text only

ISBN 978-4-04-111873-3　C0193

角川文庫発刊に際して

角川源義

第二次世界大戦の敗北は、軍事力の敗北であった以上に、私たちの若い文化力の敗退であった。私たちの文化が戦争に対して如何に無力であり、単なるあだ花に過ぎなかったかを、私たちは身を以て体験し痛感した。西洋近代文化の摂取にとって、明治以後八十年の歳月は決して短かすぎたとは言えない。にもかかわらず、近代文化の伝統を確立し、自由な批判と柔軟な良識に富む文化層として自らを形成することに私たちは失敗して来た。そしてこれは、各層への文化の普及滲透を任務とする出版人の責任でもあった。

一九四五年以来、私たちは再び振出しに戻り、第一歩から踏み出すことを余儀なくされた。これは大きな不幸ではあるが、反面、これまでの混沌・未熟・歪曲の中にあった我が国の文化に秩序と確たる基礎を齎らすためには絶好の機会でもある。角川書店は、このような祖国の文化的危機にあたり、微力をも顧みず再建の礎石たるべき抱負と決意とをもって出発したが、ここに創立以来の念願を果すべく角川文庫を発刊する。これまで刊行されたあらゆる全集叢書文庫類の長所と短所とを検討し、古今東西の不朽の典籍を、良心的編集のもとに、廉価に、そして書架にふさわしい美本として、多くのひとびとに提供しようとする。しかし私たちは徒らに百科全書的な知識のジレッタントを作ることを目的とせず、あくまで祖国の文化に秩序と再建への道を示し、この文庫を角川書店の栄ある事業として、今後永久に継続発展せしめ、学芸と教養との殿堂として大成せんことを期したい。多くの読書子の愛情ある忠言と支持とによって、この希望と抱負とを完遂せしめられんことを願う。

一九四九年五月三日

雲神様の箱

円堂豆子

第4回カクヨムWeb小説コンテスト特別賞

薬毒に長け、どの地の支配も受けず霊山を移り住む古の民、土雲族《つちぐもぞく》。一族の少女・セイレンはある日、『山をおり、雄日子《おひこ》という若王の守り人となれ』と里を追い出される。双子の妹という出自ゆえ「災いの子」とされてきた彼女は、本来求められた姉媛《あねひめ》の身代わりにされたのだ。怒りと孤独を抱え飛び出すが、類い稀な技を持つ彼女と、大王《おおきみ》への叛逆を目論む雄日子の予期せぬ邂逅は、倭国の運命を変えることとなるのだった……！

ISBN 978-4-04-109141-8